大风诗丛

徐向中 主编

沐秋集

王慧敏 著

中国书籍出版社
China Book Press

图书在版编目（CIP）数据

沐秋集 / 王惠敏著 . -- 北京 ：中国书籍出版社，
2023.11
（大风诗丛）
ISBN 978-7-5068-9647-4

Ⅰ．①沐… Ⅱ．①王… Ⅲ．①诗词－作品集－中国－
当代 Ⅳ．① I227

中国国家版本馆 CIP 数据核字（2023）第 216449 号

沐秋集
王惠敏　著

策划编辑　毕　磊
责任编辑　毕　磊
责任印制　孙马飞　马　芝
封面设计　郝　丽
出版发行　中国书籍出版社
社　　址　北京市丰台区三路居路 97 号（邮编：100073）
电　　话　(010)52257143（总编室）　(010)52257153（发行部）
电子信息　eo@chinabp.com.cn
经　　销　全国新华书店
照　　排　徐州盛景包装设计有限公司
印　　刷　徐州市环城印刷有限公司
开　　本　787mm×1092mm　1/16
字　　数　1763 千字
印　　张　138
版　　次　2025 年 2 月第 1 版　　2025 年 2 月第 1 次印刷
书　　号　ISBN 978-7-5068-9647-4
定　　价　560.00 元（全 7 册）

悠悠雅韵　浩浩诗风

——《大风诗丛》总序

徐州，自《徐人歌》《大风歌》而后，两千多年来，风骚灿烂，作家星布，代出奇才，不可胜数。徐籍大家刘邦、刘彻、刘交、韦孟、刘细君、徐悱、刘商、刘孝绰、刘令娴、刘禹锡、李煜、陈师道、刘端礼、刘彦泽、陈铎、马蕙、李向阳、阎尔梅、万寿祺、李蟠、张竹坡、孙运锦、张伯英、祁汉云、王学渊、韩志正、周祥骏等，光耀史册，激励后来。

新中国建立，特别是改革开放四十多年来，经济发展，社会进步，生活安定，舆论宽松，中央倡导弘扬优秀传统文化，推进精神文明建设，增强文化自信，故而吟诗填词，好者群出，一时比学赶帮，人才济济，结集成册，遂成时尚。近年来，徐州诗人荣获国家、省、市诗歌大奖者络绎不绝，所刊之诗词集，何止百部，真个前所未有。2013 年，徐州更是荣获"中华诗词之市"光荣称号，实为众星捧月之果，其华熠熠，遐迩争誉。

今年，柳振君、刘学继、王惠敏、李贤君、马广群、郑红弥、黄亮，联袂出版《大风诗丛》，这是徐州吟坛又一喜事。他们既有笔耕多年、声名远播的老手，也有写作不久，但才华颇深的中年，还有1980 年代的后起之秀。笔者不揣浅陋，为作总序。因行文过长，遵出版社建议,故将所写每位作者的内容单独提出而各自成篇。

《沐秋集》是王惠敏先生的大著,收诗词 700 首,体裁全备,无论古韵今声,皆能运用娴熟。五绝简练,意境清幽,文辞雅致,如《秋夜游湖》《秋夜》等,既能一句一景,又能整体浑成,体现出对自然的热爱,暗示出升平的气象,映照出宁静的心态。 七绝,有的流畅,有的轻灵,有的细腻,如《枕春眠》《云龙湖落日》《堤岸新柳》等;有的阔达疏放,如《秋望》《处暑》《观瀑》等。

有的蕴含生活的哲理。如《入秋》:

云淡风轻玉露凉,暑威渐隐入山藏。

虽无满目春娇艳,却喜瓜甜稻谷香。

寓理趣于景物的描写中,从转折处见才情,且承句赋予暑威以人格,调节了句子的态势,增强了诗的趣味。

有的余意不尽,如《荷塘即景·二》:

夏日柴门遍藕塘,接天莲叶应时芳。

蛙声伴我荷前醉,头枕清风入梦乡。

门前有莲之碧、荷之香,作者常在清风中入梦,这是什么心境,又是怎样情怀?本绝写得虚实相映、清新优雅,有意外意、味外味,含蓄悠远。用"藕、莲、荷"在句中调节,意虽相类,但不觉重复。

七律稳健严整,各呈风采。仅举《油菜花》:

历尽寒冬雨雪霜，生机一片体中藏。

春来叶嫩盈田绿，燕至花繁遍野黄。

靓女帅男留倩影，蜜蜂蝴蝶舞韶阳。

风吹蕊荡千山醉，溢彩流金百里香。

本律结构摇曳多姿，景物茂密鲜活，色彩清爽明丽，中两联对仗工细，视觉、听觉、嗅觉融于一体，亦诗亦画，美不胜收。

作者在谋篇照顾全局的同时，注重警句的锤炼，如五绝《向日葵》："风雨丹忱在，花开总向阳。"七绝《观瀑》："不弃轻流容乃大。"五律《穿越九华山莲花峰》："凌高天地阔。"《烟台登大南山》："山高云作证，道险鸟飞惊。"等。

词，占比最重，手法多样，有怀人、怀乡、悯农、吊祭等，均能抒真情、吐心声。其亲情、爱情的吟咏，婉曲细密、柔肠百结，令人一唱三叹。

所有作品，无论写景咏物、言志抒怀，都能给人以有益的启迪、美的熏陶。此卷因有笔者的序，不再多述。

感题一阕《西江月》褒之

灿灿秋光宜沐，多多感慨堪吟。遣词撷韵吐衷音。善念真情美甚。

自有清奇格调，长存淡雅胸襟。讴歌家国意深深。风骨尊严凛凛。

所有作品，无论写景咏物、言志抒怀，都能给人以有益的启迪、美的熏陶。此卷因有笔者的序，不再多述。综括，七位作者的诗词集，基本体现了各自水平，所抒发的美好、真善、爱憎，都是发乎内心的，都有着明显的地域特色和时代特征，从中可以感受他们良好的文学修养以及深厚的生活积累。悠悠雅韵，浩浩诗风，本丛书的出版，也从一个侧面，印证了徐州诗坛创作的兴旺红火，但愿能得到读者的欢迎喜爱。最后，谨以一阕《清平乐》为贺：

诗词七卷，各把真情献。尽敞胸襟歌美善，耀目缤纷灿烂。

欣逢家国隆昌，和风喜伴春阳。助力文明进步，绵绵心曲流香。

徐向中

2023 年 10 月

崇高诗品　淡雅情怀

——《沐秋集》序

王惠敏先生的《沐秋集》已编辑就绪，即将出版，笔者先睹为快。

本集收录作品近700首，其中五绝54首、七绝194首、五律180首、七律143首、词124首。这些作品，题材广博，多姿多彩，主要包含乡国大事、亲情友谊、民俗节庆、四时物候、登山临水、休闲养生、庆贺悼念、花木鱼鸟等内容。概言之，有以下特点。

一、深挚的爱国情怀

个人的命运总是与祖国的前途命运紧密联系在一起的。爱国就是个人对家园、民族和文化的归属感、认同感、尊严感与荣誉感的统一，集中表现为民族自尊心和民族自信心，就是要弘扬民族精神，维护国家尊严和荣誉，不容许任何外部势力对我国进行干涉和侵犯，包括捍卫国家领土主权、反对霸权主义、维护国际公正等。

惠敏先生有着深挚的爱国情怀，本集这方面的作品有数十首，主要如：《嫦娥圆梦》《国家公祭日》《警告伊丽莎白号》《九一八国耻日有感》《祸港四人帮》《贺神舟13号载人飞船返回舱成功着陆》《七一感怀》《中秋遥寄边防将士》《致敬军人》《长津湖电影观感》《毛泽东诞辰有感》《喝火令·八一感怀》《青玉案·凭吊抗日烈士》《秋夜月·怀英烈》《破阵子·国庆抒怀》《霜天晓角·庆祝国庆七十周年》等。

二、淳厚的亲情友谊

惠敏先生重亲情、惜友谊,这方面的作品也有几十首。

写亲情的主要有:《除夕手机给母亲拜年》《除夕》《慈恩》《父亲》《母亲节怀感》《清明节怀祖父》《清明节祭父》《惜缘》《夫妻》《春节怀乡》《携孙踏春》《祖孙对弈》《外孙小学毕业感言》《武陵春·携孙游大龙湖》《一剪梅·陪外孙逛动物园》《如梦令·外孙小学报名有感》《忆秦娥·母恩深》《声声慢·清明祭父》《夏云峰·忆父》《庆春时·回村团聚》《采桑子·游子思乡》《人月圆·思乡》等。如:

慈　恩

一盏油灯下,冬寒夜已深。

移筐轻取剪,引线急穿针。

背影三更瘦,霜花两鬓侵。

儿行千里外,冷暖母担心。

这里只选取寒冬的深夜,母亲油灯下为儿女缝补的镜头,以及她花白的双鬓、瘦弱的身影,比之孟郊的《游子吟》更具体细致,画面感更强,这也是那个年代清苦生活的真实描述,实景实情,更可感人。再如:

父　亲

一

扶犁耕日月,浸种播春秋。

谷熟驱馋雀,农闲牧老牛。

着衣多布缕,啜食少珍羞。

脸上沧桑色,风霜满白头。

二

种地背朝天，新衣不舍穿。

秋时寒露浸，夏日太阳煎。

解闷三杯酒，思儿一袋烟。

春晖恩寸草，大爱越层颠。

这两首五律，描摹了父亲的勤劳、辛苦、简朴与内敛，形象鲜明，结构紧密，对仗工稳，情景交融，语句干净利落。所写内容，也是那个时代无数老农的缩影。

如给妻子：

有感红宝石婚姻

犹记花前两手牵，希心倾悦意缠绵。

轩庭同赏一轮月，风雨携行四十年。

恰有欢娱邻舍慕，虽无富贵子孙贤。

信从柴米油盐里，相敬相亲寿比肩。

陪老妻过三八节

没有香车没有花，番茄炒蛋拌椿芽。

三杯入腹青春忆，一笑言心白首夸。

尊老友朋能吃苦，相夫爱幼会持家。

女神节日专诚贺，携手余生沐晚霞。

前一首，从回忆恋爱到红宝石婚姻，有叙有议，有虚有实，从过去写到目前，又从目前写到未来，有物质的满足，更有精神的快乐。夫妻心灵契合，相敬相亲，直至白头到老。后一首，陪老妻过三八节，没有铺张，只有简单。简单的菜，普通的酒，但却含着深深的爱、浓浓的情。颈联所言，是老妻的美德、老妻的爱心，她是丈夫的贤内助。丈夫的心迹就是"携手余生沐晚霞。"两首七律，所写是爱情，也是亲情，既朴实无华而又情爱淳淳。

写友情的主要有：《同事女儿新婚志喜》《贺孟宪宏升职》《贺同事再次当选慈善会副会长》《陪友人逛彭城》《同窗聚》《贺友人从事新闻工作三十年》《凤凰台上忆吹箫·偕友踏春云龙湖》《浪淘沙令·秋日访农家》《眼儿媚·同学聚会》等。例：

金人捧露盘·访友

渚田明，秋灿灿，访农家。踏溪畔、沛泽听蛙。欢行舍外，陌头竹栅赏篱花。　　掘红薯，摘葡萄、细品黄瓜。山含黛，波微荡，摇短棹，捕鱼虾。鹭翩舞、鸥戏晴沙。锦鳞翻跃，歌声云影日西斜。两三挚友，坐空庭、煮酒烹茶。

这像一部微电影，上半阕先点明时令和处所，而后随着镜头的推移，展现的是近景并依次展开，景物众多，丰富多彩，给人以视觉、听觉、嗅觉、味觉的体验。动词"访、踏、听、行、赏、掘、摘、品"，准确生动。下半阕推出的镜头是远景，是按照由高到低、由远及近、由空中到水面依次展现的，所用动词，都贴切到位，山、水、鱼、鸟等景物，生动活泼，一派生机。结尾抒情到高潮，"举酒烹茶"，余韵悠长。

本词上半阕与下半阕处理得自然顺畅，构成一幅动静相宜的素描图、风情画，意象丰富，组合新颖，把友情有机嵌入画面中，人与景始终相融相亲。而且从景物中蕴含着友情的亲密无间和相见时的喜悦与自在。

三、真切的草根情结

惠敏先生品性善良，为人厚道。他自幼生活在农村，后通过高考而入城市，各种农活都体验过，深知底层百姓的困苦，因而有着真切的草根情结，这方面的作品也不少。如《建筑工地打工者》《留守儿童》《霜天晓角·外卖小哥》《忆秦娥·打工游子》等。例如：

空调安装工

跻险攀梯整日忙，螺丝角铁固高墙。

炎蒸亭午浑身汗，哪架空调为我凉。

安装空调，一般夏季较多。此时烈日晒、高温蒸，工人们要爬高下低，既辛苦又危险，常常大汗淋漓，往往连水都喝不上，但收入并不高，还要装罢这家忙那家，但哪一家空调的凉风也不会吹到他们身上。此绝描摹生动贴切，形象逼真，转得有理有力，以反问作结，给人留下了思考的空间。

观《春运母亲》图片有感（新韵）

颠沛别桑梓，思归又一年。

行囊驮背上，襁褓抱胸前。

昂首神情定，谋生步履艰。

风尘千里路，辗转向家山。

2010 年春运首日，新华社记者周科在南昌火车站捕捉到这样一个瞬间：一位年轻的母亲踽踽而行，背上巨大的

行囊压弯了她的身躯，左手紧拎的背包眼看就要拖地，右臂还要揽着襁褓中的婴孩。漫漫路途中，她正抬头望向前方，一双大眼睛显得笃定而有力。"春运母亲"——巴木玉布木。当年，由于庄稼收成有限，日子举步维艰，为了贴补家用，也为了让孩子将来有更多发展机会，她毅然决定走出大山，外出打工。照片中的她，刚刚结束在南昌5个月的砖厂打工生涯，赶着返回大凉山老家。

此律描写的就是这张图片。首联议论，点明原因：因穷困而外出打工，因外出打工而"颠沛"，因过年而要返乡。颔联概括精准，生动传神。颈联夹叙夹议，上句正说，下句反衬，从心理上解剖，从现实中阐述。尾联既照应开头，又托住前三联，并给人无尽的联想。这张照片，折射出多少在外打拼的艰辛、为母则刚的坚韧和千里返乡的殷切，更有每个平凡人坚定前行用力生活的影子。不只是这张照片，只要外出，乘车赶路，留心观察，这样的情景是常有的，大多都是川、贵等西部贫困地区的妇女要么正外出打工，要么在返家的途中。

上例两诗，真切地表达了作者对底层劳动者、对草根群体的同情与怜悯。

四、浓郁的民俗风情

本集中，作者摄取了不少日常生活的镜头，尤其是民俗中的节日，颇感温馨，颇富情趣。如：

冬至（新韵）

数九始天寒，初晨擀面团。

新桌包饺子，热水煮汤圆。

祭祖现情肃，祈福道早安。

家家开宴饮，老少满堂欢。

冬至是二十四节气之一，是数九的开始，也是一个重要的传统节日。它是一年之中白天最短的一天，也是夜晚最长的一天。冬至节的蕴含最为丰富，节俗最为众多，因此还有很多别名，也叫冬节、长至节、短至节、贺冬节、一阳节，还有亚岁、肥冬、喜冬等称谓。此节在我们这一带有几大习俗：祭祖、吃饺子、吃羊肉、吃汤圆等。这首五律，就描述了这一天的喜庆场面，形象鲜明，层次清晰，对仗工稳，精炼妥帖。再如：

小 年

斗柄回寅又小年，云蓝翰墨写门联。

儿童理发祈新福，剪纸泥窗拆旧棉。

祭灶熬糖言好事，扫尘沐浴庆春天。

归乡游子家团聚，炉暖茶香饺味鲜。

小年，中国传统节日，也叫"交年节"，意为立春前后、年节之交，开始忙年，准备干干净净、辞旧迎新、迎祥纳福。江南地区一般在腊月二十四，我们这一带在腊月二十三。这首七律，将这一天的习俗描写得全面细致：写春联、剃头、剪窗花、拆洗服装、祭灶、吃灶糖、扫尘、洗浴、吃饺子等。前三联突出了"忙"字和"喜"字，第七句中的"家团聚"特别出彩，把男女老少全部涵盖在迎年的气氛中了。结尾更觉温暖馨香，把心中的喜悦表现得趣浓味足。又如：

青玉案·闹元宵

时逢佳节元宵煮。水轻沸、香盈户。一碗亲情甜肺腑。晶莹爽口，笑挥金箸。馔馐斟芳醑。彩灯闪烁花千树。狮子高跷尽情舞。十字街头猜谜语。长联高挂，诗词歌赋。达巷喧锣鼓。

正月是农历的元月，古人称"夜"为"宵"，正月十五是一年中第一个月圆之夜，所以称"元宵节"，也称小正月、元夕或灯节。根据道教"三元"的说法，正月十五又称为"上元节"。其风俗有：闹花灯、踩高跷、吃元宵、舞狮舞龙、猜灯谜、游龙灯、放烟花、扭秧歌、打太平鼓等。本词基本概括了这些内容，描写得热烈喜庆，色香味、视觉嗅觉听觉味觉俱全，民俗风情尽呈眼底，且节奏明快，声韵爽朗。

五、分明的爱憎立场

真善美，是文明的基石，是维持良好社会秩序的根本。作为每一位有良知的公民、特别是一位诗人，弘扬真善美、抨击假丑恶，是应有的职责、是肩负的使命。惠敏先生富此品行、保有爱心，爱憎分明，创作了不少这方面的作品。如扬美之作有《白衣天使剃发》《扑火烈士祭》《礼赞抗疫工作者》《浪淘沙令·考生跪谢母亲有感》等。例：

慈善捐助（新韵）

一

一家有难万家帮，乐赠玫瑰手亦香。
捐款随心存大爱，扶贫济困谱和祥。

二

积众拾柴火焰高，爱心捐助显风标。

雪中送炭三冬暖，时雨春风润幼苗。

慈善捐助，就是发扬人道主义精神，弘扬中华民族扶贫济困的传统美德，帮助社会上不幸的个人和困难群体，开展多种形式的社会救助工作，这有利于缩小贫富差距，有效地促进社会的公平和进步，也有利于社会和谐氛围的形成，从而对社会的稳定产生一定的积极意义。慈善是一种美德、一种精神，在帮助别人的同时也帮助了自己，可以带来很多正面的反馈，能够激励人们做出更多积极的事，而这些事也可以帮助到其他人，从而使人增加幸福感与快乐感。

这两首绝句，描述的就是这些内容。前一首，写出了慈善捐助人的快乐和社会意义；后一首，写出了捐助者的高尚品格和扶助困难学子的积极作用。两绝虽然用了几个成语，但表达得都比较贴切，也通俗流畅。"赠人玫瑰，手有余香"是印度古谚，也是英国谚语；"众人拾柴火焰高"是汉族谚语，为了谐平仄，"众人"改为"积众"。两句谚语引用得都比较恰当。

六、多样的修辞手法

修辞手法的运用，是为了提高语言表达效果，增强诗文的艺术性，若巧妙使用，会给人意想不到的阅读享受。惠敏先生的作品，由于体裁多、内容博，因而其手法也就多样。如以下几例：

玫　瑰

　　不向他人献，辛勤傍户栽。

　　花知恩义重，笑向主人开。

　　此绝赋予玫瑰以人格，主人栽培，花儿报恩，主客会心，颇有情趣。这样写，生动活泼，增强了作品的感染力。

柳　絮

　　逐梦碧空飞，孤飘人视微。

　　天涯何处落，游子夜思归。

　　此绝不但将柳絮拟人化，而且与"游子"相联，这就有了另外的含义，丰富了作品的内涵。前三句不离"物"，收尾转"人"，联想妙合，深得咏物要领。"逐梦""孤飘"与尾句紧紧呼应，以"柳絮"而隐喻"游子"，符合内在的逻辑，非常含蓄耐品。

槐　花

　　舍外庭前满树香，纷繁洁白映春光。

　　儿时美味今犹记，慈母如槐鬓染霜。

　　此绝一二句白描，第三句联想。昔年青黄不接之时，农民大多以糠菜度日，槐花便是上好的食品。作者儿时更是与槐花结下不解之缘，其慈母或蒸、或炒，供其佐餐。结句是比喻加联想，慈母的青春年华、温馨情意，都献给了儿女，就像洁白清香的槐花。如今岁月流逝，儿女成人，母亲双鬓如霜，是艰难岁月使然，是养育儿女使然，母亲虽然年迈，却仍如槐香一样，时刻用她慈爱的心，时刻关怀着子女的衣食住行。槐花之白与鬓发之白都含"白"，且慈母鬓发之白深含槐花之美，这样比喻既合情又合理。

此绝深情款款，令人动容。

嫦娥圆梦（新韵）

自入蟾宫万里遥，娘亲不见泪常抛。

喜今五妹来看我，诚谢航天架鹊桥。

探　月

五妹寻亲上九遥，嫦娥舞袖宴娘家。

返程礼馈非金宝，月壤携回种桂花。

"五妹"是航天人对嫦娥五号月球探测器的美称、昵称。她实现了我国首次月面自动采样返回的目标。这两首绝句，借用神话传说，写得朴素流利、情趣盎然，温馨可人，充满浪漫主义色彩。后一首结句的"月壤携回"是实，"种桂花"是虚，是美好的联想。

少年游·观北红尾鸲育雏有感

清晨听得鸟声喧。有鸟守窠前。　　轮流孵卵，啄虫衔蝶，雏稚育欣然。

无怨无悔儿女大，不日任翩翩。　　仔去巢空，只留思念。风雨爱心牵。

这首词，上半阕写鸟，是客观描述，只有尾句，作者赋予鸟以人格。下半阕表面写鸟，实际言人，因为这些词语，都是人的主观意识，都是作者的情感抒发，也代抒了许许多多空巢父母的内心感受。因使用了这些修辞手法，而使作品摇曳多姿，灵动有趣。

本集中，惠敏先生还写了若干《归田》《归田吟》《归田有感》《乡居》等作品。这些内容，既是他退休生活的一种折射，也映现出他的隐世心态和乐世思想。

总括全书，无论是描写恬淡的日常生活、叙述民间的风尚礼节，还是摹景咏志、寄情山水，抑或颂扬改革开放以来的新风貌、新气象、新成就，以及其他内容，都是作者心境的展示、情怀的流露。

崇高诗品，淡雅情怀，这是本集的总格调。作品中都有一个独特的"我"在，都含有美好的情愫、当代人的视野，都能彰显作者独到的审美视角、凸显个性之美。

惠敏先生荣退后才学习格律诗，也就五六年时间，能创作这么多作品，可见他的勤奋与刻苦。前不久，他又加入了黄楼诗社，坚持参加每周一个上午的社课，融入其中学习研讨。大家在打磨作品时，只提意见，只讲不足，学风正，气氛浓，这不但提高了他的鉴赏水平，在促进他作品质量的不断提升。我相信，凭着他的谦逊和努力，今后定会创作出更多更好的诗词篇章。

徐向中

2023 年 9 月 18 日

目录 CONTENTS

绝　句

新年抒怀··· 3

早梅··· 3

立春··· 3

小院杏花··· 4

桃花··· 4

雨水随想··· 4

惊蛰··· 5

观荷··· 5

云龙湖一瞥（新韵）····································· 5

玫瑰··· 5

思·· 6

并蒂花··· 6

昨夜··· 6

柳絮··· 6

柳絮随想··· 7

暑日晨练··· 7

夏至··· 7

夏日晨景（新韵）······································· 8

鹅趣··· 8

立秋··· 8

秋·· 8

秋夜··· 9

沐秋集

月夜游湖·······································9

秋夜（新韵）·································9

农家小院·······································9

仲秋···10

七夕···10

向日葵···10

枫···10

月桂···11

菊（新韵）····································11

晚秋吟···11

冬钓（新韵）··································11

山村冬雨······································12

残菊（新韵）··································12

残荷（新韵）··································12

南天竹···12

腊八···13

岩松···13

赏梅···13

梅···13

梅···14

同事女儿新婚志喜·····························14

戴口罩之佳（仄韵）···························14

青花瓷···14

家和···15

脊上闭嘴兽····································15

歌风台怀刘邦··································15

贺孟宪宏升职（新韵）·························15

贺同事再次当选慈善会副会长····················16

抗疫转入新阶段·······························16

宣布制裁余茂春有感····························16

小年···17

忙年···17

春联征集获优秀奖（新韵） …………………………… 17

购年货 …………………………………………………… 18

鼠兆丰年（新韵） ……………………………………… 18

除夕 ……………………………………………………… 18

除夕手机给母亲拜年 …………………………………… 18

新冠疫情防控期间过生日 ……………………………… 19

梅（新韵） ……………………………………………… 19

野渡春早 ………………………………………………… 19

早春 ……………………………………………………… 19

春声 ……………………………………………………… 20

觅春 ……………………………………………………… 20

庚子年元宵节（新韵） ………………………………… 20

醉春 ……………………………………………………… 20

迎春花 …………………………………………………… 21

春雨 ……………………………………………………… 21

玉兰花 …………………………………………………… 21

春分 ……………………………………………………… 21

梨树王（新韵） ………………………………………… 22

梨园今夕（新韵） ……………………………………… 22

孔子观洪处 ……………………………………………… 22

暮春游宿州五柳龙泉湖 ………………………………… 22

槐花 ……………………………………………………… 23

玉兰 ……………………………………………………… 23

玉兰 ……………………………………………………… 23

云龙湖畔赏杏花 ………………………………………… 23

桃花春雨 ………………………………………………… 24

春山游 …………………………………………………… 24

云龙湖晚春 ……………………………………………… 24

垂丝海棠 ………………………………………………… 24

春曲 ……………………………………………………… 25

春至楚河 ………………………………………………… 25

二月二 …………………………………………………… 25

二月 …………………………………………… 25

三八节逢二月二有感 ……………………… 26

三八节 ……………………………………… 26

三八快乐（藏头）………………………… 26

陌上景 ……………………………………… 26

林芝印象（新韵）………………………… 27

林芝桃花 …………………………………… 27

晚春梨园 …………………………………… 27

诗人与花 …………………………………… 27

紫藤 ………………………………………… 28

紫花 ………………………………………… 28

新柳 ………………………………………… 28

枕春眠 ……………………………………… 29

何桥镇芍药园 ……………………………… 29

绮园 ………………………………………… 29

清明祭扫 …………………………………… 29

清明节随感（新韵）……………………… 30

谷雨 ………………………………………… 30

柳绵 ………………………………………… 30

小菜园 ……………………………………… 30

云龙湖落日 ………………………………… 31

观黑天鹅背宝宝嬉水有感（新韵）……… 31

憾 …………………………………………… 31

祭屈原 ……………………………………… 31

思屈原 ……………………………………… 32

钓 …………………………………………… 32

落红 ………………………………………… 32

晚春 ………………………………………… 32

感时 ………………………………………… 33

片雨掩香尘 ………………………………… 33

归田 ………………………………………… 33

母亲 ………………………………………… 33

盼 ……………………………………………… 34

蝶 ……………………………………………… 34

立夏 …………………………………………… 34

初夏 …………………………………………… 35

夏日小院 ……………………………………… 35

小满 …………………………………………… 35

荷 ……………………………………………… 35

夏夜赏荷 ……………………………………… 36

童年忆 ………………………………………… 36

小满 …………………………………………… 36

芒种有感 ……………………………………… 36

收割机高速公路遇阻（新韵） ……………… 37

夏雨 …………………………………………… 37

夜雨（新韵） ………………………………… 37

庚子年夏日暴雨 ……………………………… 37

骤雨 …………………………………………… 38

暴雨 …………………………………………… 38

夏景 …………………………………………… 39

夏韵 …………………………………………… 39

夏日（新韵） ………………………………… 39

夏忙 …………………………………………… 39

夏日寻幽 ……………………………………… 40

空调安装工 …………………………………… 40

夏夜（新韵） ………………………………… 40

荷塘即景 ……………………………………… 40

致高考学子 …………………………………… 41

三伏（新韵） ………………………………… 41

菜园 …………………………………………… 41

立秋 …………………………………………… 41

入秋 …………………………………………… 42

楚河新秋 ……………………………………… 42

秋 ……………………………………………… 42

乐秋 ·········· 42

秋色 ·········· 43

秋日 ·········· 43

秋日有寄 ·········· 43

处暑 ·········· 43

七夕雨 ·········· 44

七夕 ·········· 44

七夕寄情 ·········· 44

红叶（两首） ·········· 44

秋趣 ·········· 45

秋望 ·········· 45

银杏 ·········· 45

粉黛乱子草（新韵） ·········· 46

余香 ·········· 46

尊邦 ·········· 46

中秋 ·········· 46

嫦娥圆梦（新韵） ·········· 47

探月 ·········· 47

旁游随感（通韵） ·········· 47

楚河秋色 ·········· 47

处暑随吟 ·········· 48

贺十九届六中全会 ·········· 48

桂花 ·········· 48

落叶 ·········· 48

乐行天下 ·········· 49

立冬 ·········· 49

冬至 ·········· 49

初冬游镇江遇雨感怀 ·········· 49

小雪（新韵） ·········· 50

小寒（新韵） ·········· 50

小寒日有感 ·········· 50

小雪又止 ·········· 50

沐秋集

雪日 ……………………………………………… 51

童趣 ……………………………………………… 51

大寒 ……………………………………………… 51

惜雪 ……………………………………………… 51

枇杷花开 ………………………………………… 52

庚子年腊八 ……………………………………… 52

雪莲花 …………………………………………… 52

建筑工地打工者 ………………………………… 52

思乡 ……………………………………………… 53

故园 ……………………………………………… 53

有感天价彩礼 …………………………………… 53

贺睢宁诗词协会成立三十五周年（新韵）……… 53

警告伊丽莎白号（新韵）………………………… 54

共济 ……………………………………………… 54

任正非的搪瓷茶缸 ……………………………… 54

三孩生育政策 …………………………………… 54

打新冠疫苗 ……………………………………… 55

雄鸡（新韵）…………………………………… 55

沛县诗词讲堂即景 ……………………………… 55

贺诗友《诗词楹联集》付梓 …………………… 55

慈善捐助（新韵）……………………………… 56

买房 ……………………………………………… 56

退休随感 ………………………………………… 56

结婚彩礼面面观 ………………………………… 57

贺李贤君先生《寄韵春秋》付梓 ……………… 57

逛地摊夜市有感 ………………………………… 57

聘书（新韵）…………………………………… 57

有感白衣天使剃发 ……………………………… 58

惜缘 ……………………………………………… 58

智慧 ……………………………………………… 58

故宫奔驰炫富女（新韵）……………………… 58

无题 ……………………………………………… 59

为官 ··············· 59

夫妻（新韵）··············· 59

素心 ··············· 59

高铁霸座男 ··············· 60

四季 ··············· 60

观瀑布有感 ··············· 60

大昭寺（新韵）··············· 60

留守儿童 ··············· 61

扑火烈士祭（新韵）··············· 61

罗刹国 ··············· 61

题闭嘴兽 ··············· 61

饯李桥姐夫妇甘肃避暑 ··············· 62

重温誓词 ··············· 62

恭贺"光荣在党五十年"纪念章获得者（新韵）····· 62

贺锦悦汇酒店开业（藏头诗）··············· 62

国家公祭日感怀 ··············· 63

律　诗

虎年心愿 ··············· 67

寻梅 ··············· 67

早梅（新韵）··············· 67

新岁 ··············· 68

观《春运母亲》图片有感（新韵）··············· 68

立春 ··············· 68

春（新韵）··············· 69

迎春花（新韵）··············· 69

春雨杏花 ··············· 69

春访楚王山（新韵）··············· 70

携孙踏春 ··············· 70

雨水 ··············· 70

植树节 …………………………………………………… 71

植树 ……………………………………………………… 71

紫藤花开 ………………………………………………… 71

踏春三月（新韵）………………………………………… 72

春晓（新韵）……………………………………………… 72

春游古燕桥（新韵）……………………………………… 72

春分 ……………………………………………………… 73

春分有寄 ………………………………………………… 73

春韵（新韵）……………………………………………… 73

春山 ……………………………………………………… 74

奎河巨变 ………………………………………………… 74

排污地今朝 ……………………………………………… 74

砀山赏梨花（新韵）……………………………………… 75

邻居 ……………………………………………………… 75

情寄桑梓 ………………………………………………… 76

无名山公园赏牡丹花 …………………………………… 76

柳絮（新韵）……………………………………………… 76

寻幽九龙湖 ……………………………………………… 77

云龙湖沉水廊道 ………………………………………… 77

"三八节"有怀 …………………………………………… 77

参观百蔬田园有感（新韵）……………………………… 78

雨水 ……………………………………………………… 78

惊蛰 ……………………………………………………… 79

春日听雷 ………………………………………………… 79

春意 ……………………………………………………… 79

山乡春暖 ………………………………………………… 80

谷雨 ……………………………………………………… 80

谷雨时节（新韵）………………………………………… 80

何桥镇印象（新韵）……………………………………… 81

春日赋闲（新韵）………………………………………… 81

雨后（新韵）……………………………………………… 81

劳动节感怀 ……………………………………………… 82

端午 ……………………………………………… 82

暮春 ……………………………………………… 82

春逝（新韵）…………………………………… 83

立夏 ……………………………………………… 83

初夏 ……………………………………………… 84

初夏游天目湖 …………………………………… 84

芒种 ……………………………………………… 85

夏至（新韵）…………………………………… 86

夏韵 ……………………………………………… 86

陪外孙逛动物园（新韵）……………………… 86

夏日 ……………………………………………… 87

夏夜 ……………………………………………… 87

夏夜游湖（新韵）……………………………… 87

夏雨 ……………………………………………… 88

暴雨 ……………………………………………… 88

夏日雨后 ………………………………………… 88

大暑（新韵）…………………………………… 89

乡居夏日 ………………………………………… 89

登云龙山（新韵）……………………………… 89

荷塘消夏 ………………………………………… 90

赶烤淄博（新韵）……………………………… 90

祝高考学子 ……………………………………… 90

秋日感怀 ………………………………………… 91

初秋游湖 ………………………………………… 91

荷塘秋韵 ………………………………………… 91

秋思（新韵）…………………………………… 92

处暑（新韵）…………………………………… 92

秋日游汉王镇 …………………………………… 92

云龙湖晚暮 ……………………………………… 93

彭城之秋 ………………………………………… 93

秋夜思 …………………………………………… 93

乡居 ……………………………………………… 94

重阳·······························94

秋登龙腰山·························94

游马陵山（新韵）···················95

白露·······························95

白露·······························95

白露·······························96

白露·······························96

秋分（新韵）·······················96

秋分·······························97

寻幽竹泉村·························97

秋游天门寺（新韵）···················97

晚秋登佛手山（新韵）·················98

秋怀·······························98

游王绩躬耕处（新韵）·················98

情寄桑梓·························99

军人礼赞（新韵）···················99

九一八国耻日有感···················99

寒露·······························100

霜降·······························100

立冬（郭政霖配图）·················100

立冬日观落叶·······················101

初冬山村之晨·······················101

冬日玫瑰·························101

初冬垂钓·························102

冬至（新韵）·······················102

冬至·······························102

小寒·······························103

小寒感怀·························103

大寒抒怀（新韵）···················103

腊月小雨日抒怀···················104

七九·······························104

雾·······························104

山村初雪（新韵）……………………………………………105

瑞雪……………………………………………………………105

雪夜读诗………………………………………………………105

冬游佛手山……………………………………………………106

再游佛手山……………………………………………………106

冬游娇山湖……………………………………………………106

游天门寺………………………………………………………107

冬………………………………………………………………107

冬日随吟………………………………………………………107

恩慈……………………………………………………………108

父亲……………………………………………………………108

父亲节忆父……………………………………………………109

夫妻……………………………………………………………109

家庭厨师………………………………………………………110

豆浆（新韵）…………………………………………………110

抱恙（新韵）…………………………………………………110

老骥……………………………………………………………111

贺邻家女儿结婚………………………………………………111

宜居……………………………………………………………111

悼外甥…………………………………………………………112

夜梦英年早逝的外甥（新韵）………………………………112

迎客松…………………………………………………………112

读诗（新韵）…………………………………………………113

夜读宋会长《微风集》（新韵）……………………………113

无题（新韵）…………………………………………………113

云龙书院重建有感……………………………………………114

八一随感………………………………………………………114

大国工匠——北京冬奥会 5G 网络搭建者张嘉…………114

贺神舟十三号载人飞船返回舱成功着陆……………………115

避疫寻趣………………………………………………………115

徐州地铁 3 号线开通试乘有感………………………………115

国土资源局采风随感（新韵）………………………………116

狼山阻击战（新韵）⋯⋯⋯⋯⋯⋯⋯⋯⋯116

凭吊凤冠山烈士陵园⋯⋯⋯⋯⋯⋯⋯⋯116

塞罕坝人⋯⋯⋯⋯⋯⋯⋯⋯⋯⋯⋯⋯⋯117

鸿星尔克赈捐有感⋯⋯⋯⋯⋯⋯⋯⋯⋯117

贺《诗韵铜山》付梓⋯⋯⋯⋯⋯⋯⋯⋯117

贺雪藻兰襟诗集刊发暨平台创刊百日⋯⋯⋯118

题赞清韵十二钗（新韵）⋯⋯⋯⋯⋯⋯118

《清韵十二家》出版有感⋯⋯⋯⋯⋯⋯118

贺睢宁县诗词协会第三届会员代表大会召开⋯⋯⋯119

时序⋯⋯⋯⋯⋯⋯⋯⋯⋯⋯⋯⋯⋯⋯⋯119

西山秋雪诗友提议缩写为七绝⋯⋯⋯⋯119

夜行有感（新韵）⋯⋯⋯⋯⋯⋯⋯⋯⋯120

上学的山里娃求学（新韵）⋯⋯⋯⋯⋯120

走天涯⋯⋯⋯⋯⋯⋯⋯⋯⋯⋯⋯⋯⋯⋯120

天柱山⋯⋯⋯⋯⋯⋯⋯⋯⋯⋯⋯⋯⋯⋯121

烟台登大南山⋯⋯⋯⋯⋯⋯⋯⋯⋯⋯⋯121

穿越莲花峰（新韵）⋯⋯⋯⋯⋯⋯⋯⋯121

呼伦贝尔大草原⋯⋯⋯⋯⋯⋯⋯⋯⋯⋯122

感知西藏⋯⋯⋯⋯⋯⋯⋯⋯⋯⋯⋯⋯⋯122

过唐古拉山口（新韵）⋯⋯⋯⋯⋯⋯⋯122

登山⋯⋯⋯⋯⋯⋯⋯⋯⋯⋯⋯⋯⋯⋯⋯123

小路⋯⋯⋯⋯⋯⋯⋯⋯⋯⋯⋯⋯⋯⋯⋯123

小年⋯⋯⋯⋯⋯⋯⋯⋯⋯⋯⋯⋯⋯⋯⋯124

春节怀乡⋯⋯⋯⋯⋯⋯⋯⋯⋯⋯⋯⋯⋯124

除夕⋯⋯⋯⋯⋯⋯⋯⋯⋯⋯⋯⋯⋯⋯⋯124

迎春花⋯⋯⋯⋯⋯⋯⋯⋯⋯⋯⋯⋯⋯⋯125

春雪⋯⋯⋯⋯⋯⋯⋯⋯⋯⋯⋯⋯⋯⋯⋯125

元宵节⋯⋯⋯⋯⋯⋯⋯⋯⋯⋯⋯⋯⋯⋯125

元宵节遇雨水节气有感（新韵）⋯⋯⋯126

云龙湖畔二月春⋯⋯⋯⋯⋯⋯⋯⋯⋯⋯126

山乡春晓⋯⋯⋯⋯⋯⋯⋯⋯⋯⋯⋯⋯⋯127

春日游解忧故里⋯⋯⋯⋯⋯⋯⋯⋯⋯⋯127

春霁云龙湖·······························127

春回故里（新韵）··················128

春游婺源·······························128

皖南三月·······························128

春日感怀（新韵）··················129

油菜花·································129

清江春日游（新韵）··············129

陪老妻过三八节·····················130

"三八节"寄怀·····················130

三八节咏怀··························130

五四感怀·······························131

母亲节怀感··························131

雨后看花·······························131

清明（新韵）·····················132

清明节怀祖父·····················132

清明节祭父··························132

蒲公英·································133

谷雨（新韵）·····················133

云龙湖畔春日融··················133

陪友人逛彭城·····················134

吕梁湖采风··························134

儿童节感吟（新韵）··············134

童年（新韵）·····················135

端午感怀·······························135

芒种·······························135

初夏湖畔·······························136

有寄高考学子·····················136

夏日寻幽·······························136

乡村夏日·······························137

夏日游皇藏峪·····················137

忆夏忙·································138

雨后观荷·······························138

沐
秋
集

七一感怀（新韵）·················· 138

相思夏日···················· 139

立秋······················· 139

初秋······················· 139

感秋（新韵）·················· 140

醉秋······················· 140

盛秋······················· 140

深秋······················· 141

秋热······················· 141

山里红····················· 141

中秋遥寄边防将士················ 142

国庆、中秋双节抒怀（新韵）··········· 142

庚子年秋登云龙山有感·············· 142

登云龙山感怀·················· 143

赏秋楼山岛··················· 143

秋雨怀乡···················· 144

秋日感怀···················· 144

重阳赏秋···················· 144

秋日徽州古村落印象··············· 145

落叶随想···················· 145

秋高看云（新韵）················ 145

寒露望雁···················· 146

残荷······················· 146

初冬夜雨···················· 146

冬游彭祖园··················· 147

小雪······················· 147

小雪话养生（新韵）··············· 147

山村初雪···················· 148

雪日······················· 148

腊八节忆儿时·················· 148

大寒······················· 149

雪日感怀···················· 149

退休后 ……………………………………… 149

归乡 ……………………………………… 150

归田 ……………………………………… 150

归田吟 …………………………………… 150

归田吟之春韵 …………………………… 151

归田有感 ………………………………… 151

家乡楝树 ………………………………… 151

乡居 ……………………………………… 152

吃红薯面窝窝头感怀 …………………… 152

金钱蒲盆景 ……………………………… 152

学书法（新韵） ………………………… 153

有感红宝石婚姻 ………………………… 153

祖孙对弈（新韵） ……………………… 153

外孙小学毕业感言 ……………………… 154

学校门前有感 …………………………… 154

厨趣 ……………………………………… 154

心态 ……………………………………… 155

感受地震 ………………………………… 155

别梦 ……………………………………… 155

孝 ………………………………………… 156

心态 ……………………………………… 156

无题 ……………………………………… 156

节约是美德（新韵） …………………… 157

自然之道（新韵） ……………………… 157

心存善念（新韵） ……………………… 157

昙花与韦陀 ……………………………… 158

致敬军人（新韵） ……………………… 158

父母和儿女（新韵） …………………… 158

同窗聚（新韵） ………………………… 159

禅意人生（新韵） ……………………… 159

《长津湖》电影观感（新韵） ………… 159

毛泽东诞辰有感（新韵） ……………… 160

徐州市诗词协会第六次会员代表大会随感⋯⋯⋯⋯ 160

贺《清韵十二家》付梓⋯⋯⋯⋯⋯⋯⋯⋯⋯⋯⋯⋯ 160

诗协沛县采风感怀（新韵）⋯⋯⋯⋯⋯⋯⋯⋯⋯⋯ 161

贺大彭诗苑新诗群成立⋯⋯⋯⋯⋯⋯⋯⋯⋯⋯⋯⋯ 161

贺友人从事新闻工作三十年⋯⋯⋯⋯⋯⋯⋯⋯⋯⋯ 161

情系河南⋯⋯⋯⋯⋯⋯⋯⋯⋯⋯⋯⋯⋯⋯⋯⋯⋯⋯ 162

云龙书院⋯⋯⋯⋯⋯⋯⋯⋯⋯⋯⋯⋯⋯⋯⋯⋯⋯⋯ 162

广西游⋯⋯⋯⋯⋯⋯⋯⋯⋯⋯⋯⋯⋯⋯⋯⋯⋯⋯⋯ 162

登山⋯⋯⋯⋯⋯⋯⋯⋯⋯⋯⋯⋯⋯⋯⋯⋯⋯⋯⋯⋯ 163

孤旅夜思乡⋯⋯⋯⋯⋯⋯⋯⋯⋯⋯⋯⋯⋯⋯⋯⋯⋯ 163

国土资源局采风（二）⋯⋯⋯⋯⋯⋯⋯⋯⋯⋯⋯⋯ 163

第十三届园博会游感⋯⋯⋯⋯⋯⋯⋯⋯⋯⋯⋯⋯⋯ 164

园博园过扬州园⋯⋯⋯⋯⋯⋯⋯⋯⋯⋯⋯⋯⋯⋯⋯ 164

乌拉盖草原⋯⋯⋯⋯⋯⋯⋯⋯⋯⋯⋯⋯⋯⋯⋯⋯⋯ 164

拜神农（新韵）⋯⋯⋯⋯⋯⋯⋯⋯⋯⋯⋯⋯⋯⋯⋯ 165

黄山松⋯⋯⋯⋯⋯⋯⋯⋯⋯⋯⋯⋯⋯⋯⋯⋯⋯⋯⋯ 165

某校学姐摸臀风波⋯⋯⋯⋯⋯⋯⋯⋯⋯⋯⋯⋯⋯⋯ 165

豪车醉驾女（新韵）⋯⋯⋯⋯⋯⋯⋯⋯⋯⋯⋯⋯⋯ 166

词

寻梅·遥思爆竹快意放⋯⋯⋯⋯⋯⋯⋯⋯⋯⋯⋯⋯ 169

庆春时·觅春娇山湖⋯⋯⋯⋯⋯⋯⋯⋯⋯⋯⋯⋯⋯ 169

寻梅·石前拔立疏枝傲⋯⋯⋯⋯⋯⋯⋯⋯⋯⋯⋯⋯ 169

浣溪沙·梅园丽影⋯⋯⋯⋯⋯⋯⋯⋯⋯⋯⋯⋯⋯⋯ 170

庆春时·回村团聚⋯⋯⋯⋯⋯⋯⋯⋯⋯⋯⋯⋯⋯⋯ 170

醉太平·一湖春水皱⋯⋯⋯⋯⋯⋯⋯⋯⋯⋯⋯⋯⋯ 170

青玉案·癸卯年元宵节⋯⋯⋯⋯⋯⋯⋯⋯⋯⋯⋯⋯ 171

庆春时·心醉赏春时⋯⋯⋯⋯⋯⋯⋯⋯⋯⋯⋯⋯⋯ 171

定风波·春⋯⋯⋯⋯⋯⋯⋯⋯⋯⋯⋯⋯⋯⋯⋯⋯⋯ 171

迎春乐·鸡声十里烟村晓⋯⋯⋯⋯⋯⋯⋯⋯⋯⋯⋯ 172

柳梢青·春游云龙湖……………………172

庆春泽·二月杏花初放……………………172

好事近·十里杏花开………………………173

江城子·今年依旧杏花明…………………173

占春芳·踏青郊野人陶醉…………………173

小重山·柳拂长堤草色青…………………174

青玉案·一湖碧水盈汀渚…………………174

唐多令·湖面水微澜………………………174

瑞鹧鸪·季子挂剑台………………………175

离亭宴·往事难追（新韵）………………175

玉楼春·春日游云龙湖……………………176

最高楼·醉翁………………………………176

两同心·悦赏芳春…………………………177

凤凰台上忆吹箫·偕友踏春云龙湖………177

虞美人·醉清欢……………………………177

破阵子·柳拂长堤晴晓……………………178

小重山·又是桃花灼灼开…………………178

虞美人·莺飞草长桃花灼…………………179

杏花天·蝶飞蜂闹桃花绽…………………179

寻梅·桃红柳绿风袅袅……………………179

南乡一剪梅·南庄故事……………………180

占春芳·独自步芳丛………………………180

好事近·堤岸柳如烟………………………180

蝶恋花·微雨初晴春日好…………………181

虞美人·春惹离愁…………………………181

瑞鹧鸪·池塘波荡惹离愁…………………181

浪淘沙令·空有花红………………………182

破阵子·燕子飞来柳绿……………………182

武陵春·深念当年春色好…………………182

东风第一枝·家山春暖……………………183

破阵子·夕晖醉古彭………………………183

山亭柳·春雨添花…………………………184

沐
秋
集

破阵子·赏春 ……………………………… 184

醉花阴·家山洋槐树 ……………………… 184

荷华媚·槐花 ……………………………… 185

醉花阴·春深子规啼谷雨 ………………… 185

惜分飞·又思桑梓花繁树 ………………… 185

一落索·吕梁风光 ………………………… 186

蝶恋花·踏春云龙湖畔 …………………… 186

玉楼春·梦里老家 ………………………… 186

画堂春·游吕梁湖马集村 ………………… 187

喜春来·楚河夹岸扬新柳 ………………… 187

蝶恋花·春分 ……………………………… 187

少年游·观北红尾鸲育雏有感 …………… 188

醉花间·榴花灿 …………………………… 188

最高楼·棠张镇现代农业示范园 ………… 188

小重山·十里长汀飞浦鸥 ………………… 189

忆秦娥·榴花似火 ………………………… 189

最高楼·畅游云龙湖 ……………………… 189

春晓曲·春种 ……………………………… 190

声声慢·清明祭父 ………………………… 190

洞天春·春忙正值季节 …………………… 190

春晓曲·踏春归晚 ………………………… 190

燕春台·踏春感怀 ………………………… 191

疏影·相思柳 ……………………………… 191

望海潮·快意云龙湖 ……………………… 192

锦帐春·陌上花开 ………………………… 192

武陵春·携孙游大龙湖 …………………… 193

春光好·山乡春早 ………………………… 193

柳梢青·谷雨 ……………………………… 193

武陵春·端午感怀 ………………………… 194

渔歌子·初夏 ……………………………… 194

夏日燕黉堂·初夏 ………………………… 194

阮郎归·浅夏 ……………………………… 195

南歌子·小满……………………………195

留春令·访最美农家庭院（新韵）……………195

摊破南乡子·最恋是乡愁……………………196

阮郎归·长堤风拂柳如烟……………………196

阮郎归·小满……………………………196

渔家傲·小满……………………………197

江城子·摘杏……………………………197

少年心·迎高考……………………………197

鹧鸪天·寄高考学子……………………198

浪淘沙令·考生跪谢母亲有感……………198

浣溪沙·芒种……………………………198

临江仙·夏忙时节……………………………199

芭蕉雨·三伏天……………………………199

浣溪沙·麦收时节遇雨（新韵）……………199

一斛珠·锄禾当午……………………………200

步蟾宫·楚河夏日……………………………200

夏日燕黉堂·楚河夏日……………………200

冉冉云·楚河消夏……………………………201

破阵子·夹道乔林蝉唱……………………201

少年游·云龙湖畔柳阴浓……………………201

阮郎归·长堤风拂柳如烟……………………202

满庭芳·荷……………………………202

青玉案·楚河波漾风荷满……………………202

更漏子·赏荷……………………………203

芭蕉雨·咏荷……………………………203

雨中花令·荷塘……………………………203

菩萨蛮·荷塘雨霁……………………………204

南乡一剪梅·消夏赏荷塘……………………204

风入松·赏荷……………………………204

一剪梅·夫妻采莲……………………………205

西江月·水面荷花依旧……………………205

朝中措·清波逐岸柳荫浓……………………205

渔歌子·波光云影风樯立……………………206

眼儿媚·楚河夏日水波平……………………206

南乡一剪梅·夏夜………………………………206

武陵春·暑夏……………………………………207

御街行·夏日云龙湖……………………………207

巫山一段云·夏日夜雨…………………………207

喝火令·梦里觅芳音……………………………208

新荷叶·夏日游湖………………………………208

一斛珠·夏夜游云龙湖…………………………208

一剪梅·陪外孙逛动物园………………………209

清平乐·云龙湖醉人秋晚………………………209

如梦令·外孙小学报名有感……………………209

金菊对芙蓉·故里初秋…………………………210

缑山月·初秋……………………………………210

金人捧露盘·访友………………………………211

浪淘沙令·秋日访农家…………………………211

月上海棠·楚河秋韵……………………………211

金菊对芙蓉·秋至楚河…………………………212

喝火令·八一感怀………………………………212

鹊桥仙·七夕……………………………………212

鹊桥仙·七夕……………………………………213

鹊桥仙·军人的七夕……………………………213

寻梅·盼郎归……………………………………213

秋夜月·怀英烈…………………………………214

破阵子·翘盼党的二十大召开…………………214

渔歌子·国庆……………………………………214

破阵子·国庆抒怀………………………………215

秋夜月·中秋游感………………………………215

秋夜月·秋光正好………………………………215

霜天晓角·庆祝新中国七十周年………………216

玉蝴蝶·山乡秋韵………………………………216

朝中措·山乡秋韵………………………………216

撼庭秋·喜秋⋯⋯⋯⋯⋯⋯⋯⋯217

人月圆·秋乐⋯⋯⋯⋯⋯⋯⋯⋯217

渔家傲·醉翁⋯⋯⋯⋯⋯⋯⋯⋯217

接贤宾·秋游楼山岛⋯⋯⋯⋯⋯218

采桑子·丰收节感怀⋯⋯⋯⋯⋯218

人月圆·秋日游湖⋯⋯⋯⋯⋯⋯218

苏幕遮·秋游云龙湖⋯⋯⋯⋯⋯219

醉花间·乡山月⋯⋯⋯⋯⋯⋯⋯219

破阵子·思乡最是中秋⋯⋯⋯⋯219

醉垂鞭·中秋遥念⋯⋯⋯⋯⋯⋯220

花上月令·冰轮今夕耀高楼⋯⋯220

洞仙歌·霓虹烁柳⋯⋯⋯⋯⋯⋯220

渔歌子·重阳节⋯⋯⋯⋯⋯⋯⋯221

思远人·佳节重阳今又至⋯⋯⋯221

夜游宫·又值重阳菊灿⋯⋯⋯⋯221

夜游宫·秋日枫红菊绽⋯⋯⋯⋯222

西地锦·篱菊⋯⋯⋯⋯⋯⋯⋯⋯222

偷声木兰花·风馨菊灿登高望⋯222

西江月·秋思⋯⋯⋯⋯⋯⋯⋯⋯223

采桑子·游子思乡⋯⋯⋯⋯⋯⋯223

点绛唇·游子乡愁乱⋯⋯⋯⋯⋯223

人月圆·思乡⋯⋯⋯⋯⋯⋯⋯⋯224

思远人·杨柳荷塘莹晓露⋯⋯⋯224

淡黄柳·桂馨露洁⋯⋯⋯⋯⋯⋯224

清平乐·天涯望断⋯⋯⋯⋯⋯⋯225

朝中措·秋雨燕子楼⋯⋯⋯⋯⋯225

浪淘沙令·梧叶落阶前⋯⋯⋯⋯225

青玉案·凭吊抗日烈士⋯⋯⋯⋯226

摊破南乡子·雁阵又南迁⋯⋯⋯226

撼庭秋·雁字伤心碎⋯⋯⋯⋯⋯226

霜天晓角·夜深秋月白⋯⋯⋯⋯227

渔家傲·莫叹秋光风月老⋯⋯⋯227

沐
秋
集

临江仙幔·日暮斜阳好·····················227

荷叶杯·人生何叹近斜阳·················228

桂枝香·满目枫红·························228

西地锦·寒露·····························228

浪淘沙令·霜降···························229

遐方怨·水茫茫日暮寒江·················229

唐多令·立冬·····························229

忆秦娥·云龙湖畔忆游舸（通韵）·········230

清平乐·晨练（新韵）···················230

满庭芳·置业满庭芳·····················230

临江仙·冬至·····························231

雪花飞·冬雨话农桑·····················231

卜算子·乡村冬日·························231

诉衷情令·寒风携雨夜敲窗···············232

满庭芳·冬日山行·························232

忆秦娥·打工游子·························232

霜天晓角·外卖小哥·····················233

临江仙·冬游佛手山·····················233

寻梅·冬赏佛手山·······················233

卜算子·冬游天门寺·····················234

泛兰舟·雪舞情思·······················234

天下乐·旅愁百转天欲雪·················234

一剪梅·雪夜乡愁借酒消·················235

雪花飞·山林踏雪·······················235

白雪·雪趣·······························235

寻梅·佛手山踏雪·······················236

雪花飞·泉山踏雪·······················236

一剪梅·寒梅·····························236

减字木兰花·艳遇·······················237

惜寒梅·寒梅傲雪·······················237

天仙子·寒梅傲雪·······················237

庆春时·北京冬奥（新韵）···············238

望梅花 · 唯仰英雄多壮志 ················ 238

夜游宫 · 心愿 ················ 238

一剪梅 · 归田 ················ 239

忆秦娥 · 母恩深 ················ 239

月上海棠 · 告归梓里 ················ 239

夏云峰 · 忆父 ················ 240

更漏子 · 快意乡居 ················ 240

少年心 · 柳下垂纶 ················ 240

摊破南乡子 · 梦里忆童年 ················ 241

眼儿媚 · 同学聚会 ················ 241

南乡一剪梅 · 清欢 ················ 241

一落索 · 携手抗疫 ················ 242

秋夜月 · 翻思缱绻 ················ 242

雪花飞 · 迷入瑶宫胜境 ················ 242

唐多令 · 游吕梁园博园 ················ 243

撼庭秋 · 参谒张竹坡故里 ················ 243

更漏子 · 何桥印象 ················ 243

清平乐 · 楚河霜晓 ················ 244

絶句

五 绝

新年抒怀

筛酒迎元旦，微屏话岁安。
政通兴国运，雨顺福民欢。

早 梅

残雪渐消融，芦摇腊月风。
荒堤寻草色，却见数枝红。

立 春

心喜田苗绿，风吹柳色新。
寒梅开数点，鸭戏一池春。

春 山

玉岫白云生，莺啼朝旭明。

清溪岩上挂，草色现初荣。

小院杏花

粉面笑春来，娇羞浅晕腮。

谁家甜俏女，树下久徘徊。

桃 花

灼灼一枝开，笑意晕香腮。

摇曳春风里，佳人入梦来。

雨水随想

春暄百草生，堤上柳新萌。

雨落冲时疫，花开万物荣。

惊 蛰

贯耳滚雷声，眠虫梦里醒。
莺飞沾细雨，陌上草滋萌。

观 荷

天上开心雨，湖中自在澜。
珍珠眼前落，颗颗脆青盘。

云龙湖一瞥（新韵）

一鹭掠金山，游鳞戏碧莲。
笙歌萦曲榭，桨荡一湖天。

玫 瑰

不向他人献，辛勤傍户栽。
花知恩义重，笑向主人开。

思

酒消离梦醒，清夜独徘徊。
空对花前月，天涯各泪腮。

并蒂花

前世有姻缘，今生两比肩。
秋凉霜叶美，何惧抱冬眠。

昨　夜

昨夜风兼雨，心宽自入眠。
平明窗外望，又是好晴天！

柳　絮

逐梦碧空飞，孤飘人视微。
天涯何处落，游子夜思归。

柳絮随想

如雪碧空飘，随风向日昭。
平生无侈欲，天地任逍遥。

暑日晨练

早晨炎气少，初日映眸明。
爽逸环湖走，心舒步履轻。

夏　至

（一）

夏至昼时长，红鳞戏柳塘。
蜻蜓荷上立，莲动送清凉。

（二）

日高人影短，猫狗林中懒。
树茂蚱蝉鸣，街行花纸伞。

夏日晨景（新韵）

乔林雀鸟鸣，皋薮和蛙声。

云榭悬残月，柴篱木槿红。

鹅　趣

白羽步蹒跚，悠然食野滩。

顽童持竹戏，浩唱一塘欢。

立　秋

立秋天始凉，玉米正充浆。

蝉噪声犹劲，空庭一叶黄。

秋

独自伫西楼，东观河水流。

南云携雁阵，北国满田秋！

秋　夜

秋来夜始凉，庭院月如霜。
村外蛙声起，酣歌稻谷香！

月夜游湖

月色漾新凉，清辉映画樯。
桨声惊鲤跳，夜永稻花香。

秋　夜（新韵）

月色透轩窗，秋深夜沁凉。
蛩鸣声入耳，影动桂花香。

农家小院

竹栅绕丝瓜，临窗嗅桂花。
收禾人去后，欢唱鸟当家。

仲　秋

澄空雁列行，陌上菊初黄。

渚泽蛙声劲，田畴稻菽香。

七　夕

万里星河隔，天人两断肠。

鹊桥今夕架，织女诉牛郎。

向日葵

无争国色香，身正立苍茫。

风雨丹忱在，花开总向阳！

枫

英姿映碧穹，疏旷傲秋风。

身沐寒霜里，心丹叶自红。

月　桂

花绽繁如米，盈枝淡淡香。

姮娥忧斧砍，置酒醉吴刚。

菊（新韵）

霜浓色愈娇，风乱显孤操。

倚栅拈花笑，三千懊恼抛。

晚秋吟

风劲柳衔霜，摇摇傍藕塘。

叶衰心泣泪，落地满秋殇。

冬　钓（新韵）

独钓碧溪湾，荷枯老柳残。

兼葭频笑我，皓首两苍颜。

绝句

11

山村冬雨

夜雨壮溪声，苍山郭外横。
村烟随雾起，十里晓鸡鸣。

残　菊（新韵）

晨时雪已深，凛冽朔风侵。
转视疏篱处，菊残尚可寻。

残　荷（新韵）

昂然立水中，任尔雪霜横。
默默修心志，春来绿更浓！

南天竹

山行数九寒，半岭树阑珊。
石后南天竹，临风叶更丹。

腊 八

一碗八珍煮，甘馨惬入喉。
祈年风雨顺，疫去少心忧。

岩 松

英姿岩上立，铁骨傲苍穹。
藐视浮云乱，任他雨雪风。

赏 梅

雪落覆雕栏，风吹劈面寒。
寻香篱落处，一树蜡梅欢。

梅

寒日映苍茫，虬枝傲雪霜。
何须群蝶舞，昂首独馨香。

绝句

13

梅

疏枝傲岭旁，蓬勃沐朝阳。

月色霜寒里，氤氲一树香。

同事女儿新婚志喜

良辰连理结，红烛映红衣。

快婿宾朋赞，鸳鸯比翼飞。

戴口罩之佳（仄韵）

年龄不显老，胖瘦无人晓。

遮丑且防寒，新冠难袭扰。

青花瓷

淡笔诉云笺，明眸醉雨烟。

玲珑冰玉洁，浴火绽青莲。

家　和

并蒂花开好，家和万事兴。
妻贤夫慎德，子嗣益方弘。

脊上闭嘴兽

居高不耍威，日出沐霞辉。
缄口养心性，谦恭少是非。

歌风台怀刘邦

征衣归故里，筑击十三弦。
一唱两千载，云飞华夏天。

贺孟宪宏升职（新韵）

枝头闻喜鹊，职务又荣升。
短信遥相贺，隔屏举玉觥。

贺同事再次当选慈善会副会长

晴日映丹枫，举杯吾敬崇。

济贫扶困苦，心伴夕阳红。

抗疫转入新阶段

有序复开工，明朝鸟出笼。

佳肴烹一碟，惬意两三盅。

宣布制裁余茂春有感

昔时除幸佞，骇浪起南京。

问计新形势，当思孙凤鸣。

七 绝

小 年

冬雨敲窗夜未眠，灶王今日欲升天。

闲忧烦事随尘去，乡馔糖瓜乐小年。

忙 年

扫尘祭灶始忙年，买肉熬糖备八鲜。

巧剪窗花贴心意，迎祥祈福写春联。

春联征集获优秀奖（新韵）

春联征赛绚彭城，奖品高端酒两瓶。

李渡味醇香馥郁，玉杯雅饮涨诗情。

绝句

17

购年货

超市熙熙不夜天，红灯高挂彩旗连。

疫情趋缓人欢乐，备足嘉珍过大年。

鼠兆丰年（新韵）

除夕金鼠上灯台，肚鼓腰圆下不来。

莫笑偷油成惯技，谁家有鼠准发财。

除 夕

贴罢春联自下厨，清蒸腊肉炒香菇。

红包贺岁儿童乐，爆竹声中酒满壶。

除夕手机给母亲拜年

鞭炮声声念子孙，时临除夕更伤魂。

新冠隔阻归乡路，斜转微屏掩泪痕。

新冠疫情防控期间过生日

家中因疫显清贫，两碟肴蔬作美珍。
没有蛋糕和蜡烛，三杯老酒长精神。

梅（新韵）

宅家避疫静修身，健体读书晒抖音。
网上频观天下事，隔窗喜见一枝春。

野渡春早

野渡波寒泛古槎，苍山横卧夕阳斜。
心疑穷泽春迟至，寻看枯丛见草芽。

早春

雪落柴门满院新，堆琼积玉映初晨。
正忧窗外无鲜色，一剪寒梅报早春。

春　声

晓日曈昽照凤台，窗前玉竹映红梅。

冰溪水暖叮咚唱，应是春姑款款来。

觅　春

闲步郊原日欲斜，村烟薄雾笼寒沙。

正愁腊尾无春意，却喜梅枝已着花。

庚子年元宵节（新韵）

宅家避疫点心灯，细品汤圆暖意融。

世事无常人有爱，风吹雾散享新晴。

醉　春

新莺婉转啼明媚，韭嫩椿香芦笋翠。

竹外桃花映眼明，举觞愿与春风醉！

迎春花

石后坡前簇簇芳，凌寒绽蕊色金黄。

犹如天使开春锁，从此人间沐暖阳。

春　雨

知时好雨润田禾，新柳摇风荡碧波。

伞下佳人桥上立，静听双燕唱情歌。

玉兰花

好似莲花映日开，白云朵朵出瑶台。

风中摇曳馨香袅，疑似仙姬款款来。

春　分

昼夜均时冷热平，春风沐柳草芽萌。

桃红李白群芳醉，紫燕衔泥百鸟鸣。

绝句

21

梨树王（新韵）

虬枝老树蠹梨园，历尽沧桑几百年。
昔日雄风今未易，着花笑看子孙欢。

梨园今夕（新韵）

昔日黄河沙漫天，今朝处处是梨园。
春来伫望花如海，八月枝摇硕果悬。

孔子观洪处

春花染径白云悠，观道亭前雀鸟啾。
悬水石梁今不见，遗碑山顶历千秋。

暮春游宿州五柳龙泉湖

一湖碧水映山明，古栈穷幽踏落英。
五柳林庐寻旧隐，白云起处荡钟声。

槐　花

舍外庭前满树香，纷繁洁白映春光。

儿时美味今犹记，慈母如槐鬓染霜。

玉　兰

佳木亭亭伴露栽，新苞初绽玉人来。

春风拂面馨香溢，疑是莲花树上开。

玉　兰

丽蕊轻摇浅晕腮，风香疑似玉人来。

观音持露挥纤指，朵朵莲花树上开。

云龙湖畔赏杏花

二月春光抚面融，杏花十里衬和风。

湖光云影游人醉，柳暗莺啼碧水东！

绝句

23

桃花春雨

三月桃花朵朵红，芬芳一季与谁同。

春风依旧人不见，拭目归鸿烟雨中。

春山游

三月桃花灼灼开，游人如醉觅春来。

风香英乱迷归路，溪水桥边问小孩。

云龙湖晚春

灯影春风杨柳岸，清辉明月水中天。

温柔情侣花前路，湖面银波荡画船。

垂丝海棠

春风拂面海棠开，巧目丹霞浅晕腮。

宛若天宫仙子舞，意犹未尽下凡来。

春　曲

杨柳青青百草生，春山入画水澄明。
依稀昨夜风兼雨，晨起欣闻鸟啭声。

春至楚河

春风送暖绿横塘，柳嫩花红两岸香。
渔唱莺啼鹅鸭闹，楼台云影汇波光。

二月二

苍龙卯月始抬头，嘉日孩童发际修。
炒豆熏虫驱百毒，春耕雨顺兆丰收。

二　月

二月春花陌上开，流莺婉啭蝶蜂来。
农家翘盼龙头雨，早理田禾小树栽。

绝句

25

三八节逢二月二有感

苍龙翘首腾飞日，巾帼须眉共贺时。

此际飞舫共歌舞，鸳鸯戏水荡春池。

三八节

徐娘乖女笑如花，衣袂飘飘胜彩霞。

随手翻开微信看，刷屏全是贺词夸。

三八快乐（藏头）

三生有幸碧桃栽，八彩春花次第开。

快意佳期龙凤舞，乐然喜看燕归来。

陌上景

连翘花绽满枝条，金灿盈盈陌上娇。

杨柳垂丝新叶翠，风筝一线傲云霄。

林芝印象（新韵）

远眺南迦近赏林，米拉山口抚白云。
尼洋河畔桃花海，藏布水清涤客心。

林芝桃花

四月桃花映雪开，笑如卓玛晕红腮。
云绯霞醉芬芳野，树是瑶池王母栽。

晚春梨园

雪海盈盈丽日柔，风吹花落起清愁。
痴情愿与伊人老，笑看梨花白满头。

诗人与花

闲赏芳丛蜂采粉，偶来佳句对花吟。
甘甜浆蜜怡人口，歌赋诗词醉客心！

紫　藤

（一）

四月藤花映日开，东风送暖入亭台。

曲枝虬干繁英舞，蝴蝶循香绕栅来。

紫　花

（二）

我家小院紫藤开，淡笼烟霞浅晕腮。

绝貌只疑天上有，广寒仙子下凡来。

（三）

阳春三月紫藤开，一树繁英巧剪裁。

最是蜜蜂闲不住，驱忙绕栅觅香来。

新　柳

嫩叶新萌辞旧年，风情万种舞翩跹。

垂枝吻岸轻梳浪，紫燕双飞剪柳烟。

枕春眠

莺飞草长柳如烟，一叶扁舟钓绿川。

日夕不知天色晚，归来月下枕春眠。

何桥镇芍药园

池塘烟柳映朝霞，四月寻芳绕碧沙。

莫道春归无国色，千畦芍药万株花。

绮　园

宅家避疫绮园颓，芍药枯蔫月季呆。

解禁复工新打理，香英嫩蕊笑颜开。

清明祭扫

岁月云凝思念雨，纷纷淋湿路人心。

音容笑貌依犹在，先祖茔前泪满襟。

清明节随感（新韵）

乡陌声声啼雨鸠，慈亲仙去葬寒丘。

谒坟恸泣千行泪，怎抵生前一碗粥。

谷　雨

杨柳青青细雨斜，翩翩紫燕入农家。

乡村孩子知勤苦，放学归来种豆瓜。

柳　绵

长思窗外玉妃开，红袖凌寒半晕腮。

杨柳风中知我意，飞花作雪去寻梅。

小菜园

宅家两月菜园荒，野草萋萋艾蔓墙。

青蒜发蔫春韭老，斑鸠麻雀视天堂。

云龙湖落日

明湖水碧漾春风，柳舞柔情绿意葱。

白鹭翩翩披落日，归帆棹影染霞红。

观黑天鹅背宝宝嬉水有感（新韵）

妈妈项背胜摇篮，碧水清悠荡小船。

宝宝乖萌风惬意，满池母爱醉心田。

憾

花开阆苑映琼池，拂面东风正适宜。

未赏娇颜匆促过，折回再看已空枝。

祭屈原

每逢端午伫江津，米粽含情祭屈神，

殉国忠魂何处觅，离骚天问解斯人。

思屈原

粽里寻他千百度，汨罗江畔雾迷津。

难眠夜读骚辞赋，展卷篇篇有此人！

钓

翩翩白鹭乱河丘，蛙鼓频敲岸柳悠。

任尔风摇波浪起，一蓑烟雨钓扁舟！

落　红

三月暄妍绿草萋，春深蝶醉柳莺啼。

感时只把东风恼，摇落香红染玉溪。

晚　春

篷舟短棹入溪间，夹岸残红坠碧湾。

一季芳华匆促去，春归似水复难还。

感 时

蝶舞春深绽锦霞，莺啼竹翠透窗纱。

凭栏怅望风摇处，满地伤心是落花。

片雨掩香尘

蜂喧蝶舞满园春，雪杏含烟柳色新。

怎奈东风挥阵雨，枝摇蕊落掩香尘。

归 田

引钓青塘日夕回，余生忻幸远嚣埃。

耘锄垦种禾蔬果，笑看山花自在开。

母 亲

柴院莺啼杏子黄，风吹柳絮过篱墙。

慈亲倚杖门前盼，何日儿归摘果尝。

盼

东风送暖鸟啁啾，窗外晴明景丽柔。

切盼新冠时疫灭，花开满树下层楼。

蝶

（一）（新韵）

班彩蛱蝶韶苑舞，盼能捉获却难追。

若君多养丁香树，自有花贼绕你飞。

（二）

别想轻松发大财，财如蝶舞绕云台。

君能养种丁香树，蕊绽香飞蝶自来。

立 夏

夏木阴阴杏子黄，槐花串串满庭香。

篱边笋嫩樱桃熟，布谷声声麦灌浆。

初　夏

榴花初绽红如火，枝上黄莺任意歌。

别叹春归无觅处，风情万种有新荷。

夏日小院

鸟啭阴浓满处花，芭蕉翠竹透窗纱。

时蔬诱我篱前醉，酒醒枝摇日影斜。

小　满

村前竹翠映榴花，雨涨荷塘处处蛙。

小麦灌浆初满穗，顽童绕栅摘枇杷。

荷

蜻蜓频舞为荷来，菡萏初成浅晕腮。

藕遇前缘擎玉露，姣花照水仰天开！

夏夜赏荷

寻幽独泛入荷塘，蛙唱波明月色香。

缓桨恐惊仙子梦，明朝心乱误红妆。

童年忆

野渡嬉鱼荡古槎，偷翻竹栅摘黄瓜。

相邀放学弹琉蛋，娘责才知日影斜。

小　满

暖日熏风麦渐黄，榴花似火映荷塘。

蔷薇满架田园翠，蛙唱莺啼菜果香。

芒种有感

烈日炎炎似火烧，犁田浸种插秧苗。

秋来稻谷千层浪，岁稔全凭汗水浇。

收割机高速公路遇阻（新韵）

跨区作业赴河南，割晒扬收趁好天。

怎奈人机公路阻，一场大雨麦田淹。

夏　雨

夏雨潇潇水映天，街心转瞬变渟渊。

出门访友愁无路，借问邻家可有船？

夜　雨（新韵）

云愁地暗滚焦雷，澍雨倾城伟木摧。

一夜惊魂鸡唱晓，红轮朗耀映霞辉。

庚子年夏日暴雨

（一）

天河劈泻几时休，水漫金山隐画楼。

昨日街衢成泽国，烟波叠浪棹篷舟。

（二）

白雨倾盆晚益狂，长街滞黯积汪洋。
车浮浪涌乔林矮，满目烟波海景房。

（三）

潦雨兼天夜未收，长街浸灌路人愁。
风摇树倒澜波涌，灯影蛙声水上楼。

骤 雨

蝉噪风熏日正晴，湿潮闷热似蒸烹。
倏然一片乌云布，骤降倾盆雨洗城。

暴 雨

昨夜狂风暴雨声，凌晨更似水天倾。
车淹马路通舟楫，一片汪洋水漫城！

夏　景

暑气炎炎炙人苛，纳凉柳下赏蒲荷。

忽闻水面一声响，红鲤腾空惊碧波！

夏　韵

烟舍临汀近藕塘，接天碧叶溢油光。

蛙声伴我花前醉，头枕清风入梦香！

夏　日（新韵）

芭蕉倦立鸟无踪，午后荷塘暑热蒸。

林下沏茶独自饮，休闲哪管乱蛙声。

夏　忙

陌上榴花似火红，荷塘水涨树茏葱。

农家入夏少闲日，麦罢栽秧沐雨风。

绝句

夏日寻幽

五月榴花耀眼红，黄鹂婉啭隐梧桐。

寻幽最是烟溪处，野渡横舟作钓翁。

空调安装工

跻险攀梯整日忙，螺丝角铁固高墙。

炎蒸亭午浑身汗，哪架空调为我凉。

夏　夜（新韵）

荷塘悄寂清风畅，醉饮扶头入梦乡。

夜半蛙声催酒醒，月光如水浸轩窗。

荷塘即景

（一）

结庐门傍碧荷塘，出水芙蓉淡淡香。

莲动风清明月夜，坐观织女会牛郎！

致高考学子

六月花开玉蕊芳，莘莘学子谱华章。

十年风雨寒窗奋，金榜题名期栋梁。

三　伏（新韵）

夏入三伏溽热熬，骄阳烈烈映天烧。

柳塘最好听蝉处，心静当能暑气消！

菜　园

出游半月小园荒，苋草齐腰漫菜秧。

临走葡萄还满架，归来已为鸟充肠！

立秋

荫浓溽热汗频流，柳岸蜩蝉噪不休。

一叶惊从高树落，方知季节已开秋。

入 秋

云淡风轻玉露凉，暑威渐隐入山藏。
虽无满目春娇艳，却喜瓜甜稻谷香。

楚河新秋

楚河镜渌石榴红，仗剑胡麻仰碧空。
荷叶亭亭攒菡萏，紫薇浅笑曳秋风。

秋

漫山红叶染霜秋，迂曲清溪绕石流。
远影孤帆悬落日，白云征雁剪离愁。

乐 秋

收田择菜慕陶家，竹杖荆篮采菊花。
鬓染秋霜诗未老，疏怀笑对夕阳斜。

秋　色

金桂花开早晚凉，云楼临眺雁南翔。
谁挥彩笔添秋色，菊灿枫红稻谷黄。

秋　日

莫道天凉好个秋，青蝉高树唱无休。
农家垄亩浑身汗，除草施肥盼稔收。

秋日有寄

知了声衰叶始黄，劳飞燕渡草衔霜。
繁华一世行将老，游子深怀是故乡。

处　暑

云淡风轻暑转凉，田园五谷应时黄。
寒蝉高树鸣声咽，万里晴空见雁行。

七夕雨

今年七夕不寻常，织女牛郎痛断肠。

泪下倾盆成骤雨，满城尽现水浮房。

七　夕

牛郎织女两情牵，河汉迢迢盼鹊仙。

七夕相逢侵晓别，沾襟无语最堪怜。

七夕寄情

昨晚夫君来电话，今年七夕不回家。

清晨快递丰巢取，两件新衣妻与娃。

红　叶（两首）

（一）

一夜霜侵峦焕彩，层林尽染胜花开。

哪多蝴蝶翩翩舞？九月秋风巧剪裁。

（二）

秋暮霜浓叶晕腮，帅男靓女赏枫来。

谁言露冷无芳蕊，笑靥如花脸上开。

秋　趣

晨起窗前赏桂花，牵牛绕栅戏丝瓜。

满庭落叶无须扫，采菊归来惬煮茶。

秋　望

层楼独上唱山歌，放眼江川荡碧波。

云淡天高排雁阵，秋光流韵满田坡。

银　杏

银杏秋深叶灿黄，黄金满树醉眸光。

纷华怎奈嘉时短，一阵风摇一地殇。

绝句

粉黛乱子草（新韵）

似雾如云淡淡红，蝉纱遮面掩娇容。
千年等待今朝遇，一见倾心醉玉宫。

余 香

一场秋雨舒心爽，珠玉轻弹入藕塘。
菡萏虽残风韵在，满池碧叶有余香。

尊 邦

国旗仰观风中立，热泪如花饫眼开。
六九昌辰华诞日，躬身致敬酒三杯。

中 秋

月出东山万里明，银波荡漾别愁生。
归舟载梦天涯望，客舍遥思自举觥。

嫦娥圆梦（新韵）

自入蟾宫万里遥，娘亲不见泪常抛。
喜今五妹来看我，诚谢航天架鹊桥。

探 月

五妹寻亲上九遐，嫦娥舞袖宴娘家。
返程礼馈非金宝，月壤携回种桂花。

旁游随感（通韵）

秋日旁游怯路遥，平坡未跨意疲劳。
缘何环顾无奇景？因是登临不够高。

楚河秋色

银杏高秋果灿黄，紫薇摇曳桂生香。
昌蒲夹岸游鳞戏，立水莲蓬子满房。

绝句

47

处暑随吟

春丛盎溢百花柔，夏木枝雄碧叶稠。

处暑余炎消敛退，枫林渐染近霜秋。

贺十九届六中全会

首都十月聚精英，百载航船破浪行。

鹊唱枝头传决议，山川湖海响春声。

桂　花

花开似米满枝黄，溢远清新叶底藏。

不羡牡丹争国色，随风却送万家香。

落　叶

寒潮携雨冽风横，霜叶枝头傲岸迎。

一世纷华皆褪尽，掩身泥土视归荣。

乐行天下

踏遍青山人未老，江河湖海戏波涛。

朝霞落日天边月，一路诗花胆气豪。

立 冬

野渡波寒荡古槎，游凫惊起乱蒹葭。

荷枯菊瘦知秋老，满目飞枫似落花。

冬 至

阳生冬至大如年，寂静山村舞雪烟。

晨起合家包饺子，禀安祈福盼春天。

初冬游镇江遇雨感怀

吴风楚雨寒江阔，北固山前浪涌高。

京口追怀思少伯，冰心一片仰诗豪。

注：王昌龄，字少伯。

绝句

49

小 雪（新韵）

麻雀悠然绕栅飞，新腌腊肉挂廊垂。

天逢小雪闲无事，老伴相陪酒一杯。

小 寒（新韵）

晨雨淅淅浸小寒，时值二九厚衣棉。

窗前早雀迎风笑，浅蕊红梅待雪妍。

小寒日有感

腊酒泥炉独自欢，出门还怕惹新冠。

正愁疫事何时了，窗外金梅破小寒。

小雪又止

天空小雪昨纷扬，惹得童心喜若狂。

夜里风来吹雾散，今晨又是日辉煌。

雪 日

窗外琼花覆旷芜，居家防疫煮泥炉。

今闻措施十优化，心似春风荡五湖。

童 趣

儿童仗雪恣情欢，嫩脸娇红不觉寒。

摆饭娘呼声未落，早追锦鸟过栏杆。

大 寒

岁杪时临四九寒，红泥炉火煮清欢。

一杯腊酒倾心意，挚友亲朋福寿安。

惜 雪

玉絮纷飞入户庭，凭窗伫望夜空灵。

平明尺厚无须扫，留待春归润翠青。

枇杷花开

北风凛冽孟冬来，碧叶枇杷阆苑栽。

一树兼含四时气，群芳殆尽此花开。

注：枇杷树秋孕冬花，春实夏熟，故有"果木中独备四时之气者"之称。

庚子年腊八

冰糖五谷煮情长，玉碗盛来入口香。

祈愿牛年风雨顺，新冠不扰佑安康。

雪莲花

千年守望不徊徨，陡壁高崖任雪狂。

一片冰心怀远志，无人欣赏亦芬芳。

建筑工地打工者

吊塔临风立晚霞，流星疲惫夜空划。

霓虹璀璨凭栏望，哪座高楼是我家？

思 乡

冷雨敲窗倦客孤，天涯何处是归途。

朱灯摇曳家山远，独饮乡愁酒一壶。

故 园

枯枝老树挂残晖，一柁飘蓬鹤鬓归。

锈锁无言人漠漠，齐腰蔓草掩柴扉。

有感天价彩礼

名表豪车万贯家，新娘强笑面遮纱。

婚姻论价真情少，霜叶虽红不是花。

贺睢宁诗词协会成立三十五周年（新韵）

唐风宋雨展新荣，协会功勋载汗青。

春色满园盈硕果，诗乡无愧授睢宁。

绝句

警告伊丽莎白号（新韵）

炮舰横行扰海疆，岛礁挑衅耍流氓。
蟊贼胆敢欺华夏，快递东风免费尝。

共　济

水漫中州人有爱，鸿星尔克解囊倾。
市民网友交相赞，线上商场顾客盈。

任正非的搪瓷茶缸

茶缸每日数沾唇，斟满恩情忆母亲。
围堵制裁何所惧，三千越甲绝烽尘。

三孩生育政策

人口新规网上宣，三孩核准证优先。
退休老伴呵呵笑，惭愧难回四十年。

打新冠疫苗

今日通知打疫苗，无须付费自逍遥。

新冠不扰人心稳，国泰民安政懋昭。

雄　鸡（新韵）

英姿骁健庭前立，引颈高歌天下悉。

大嘴青蛙拼命叫，不如时夜一声啼。

沛县诗词讲堂即景

端坐聆听起叩询，答疑评赏语周谆。

嘉词绝句花千朵，古沛诗坛处处春。

贺诗友《诗词楹联集》付梓

文追子健近陶家，笔落诗成曜晚霞。

岁月临秋春意在，老枝益茂绽新花。

绝句

慈善捐助（新韵）

（一）

一家有难万家帮，乐赠玫瑰手亦香。

捐款随心存大爱，扶贫济困谱和祥。

（二）

积众拾柴火焰高，爱心捐助显风标。

雪中送炭三冬暖，时雨春风润幼苗。

买　房

蛩声夜半排长队，翘首门前等买房。

不惜学区倾百万，一生积蓄尽花光。

退休随感

退休自是淡江湖，半亩方塘意不孤。

网上周观天下事，赏荷钓月醉屠酥。

结婚彩礼面面观

彩礼空微不嫁人，香车宝马许终身。

金钱买得新娘笑，多少欢情假与真？

贺李贤君先生《寄韵春秋》付梓

朝花夕拾暮云悠，归晚烟汀系钓舟。

寄韵田园耕日月，檀笺染笔赋春秋。

逛地摊夜市有感

天赋楼前摆地摊，灯光莹灿夜酣欢。

套圈射击尝凉粉，政策圆融百姓安。

聘　书（新韵）

枝头喜鹊叫喳喳，红日初升炫彩霞。

雪藻兰襟鱼雁至，聘书千里寄诗家。

绝句

有感白衣天使剃发

舍掉青丝志敏求，白衣天使仰前修。

出生入死平时疫，一片丹心大爱留。

惜　缘

相伴偕行四十秋，青丝霜染爱熙柔。

余生执手同君度，且以深情共白头。

智　慧

莫与他人争浅利，淡然一笑又何妨。

疏财始得青山在，远志高怀福永昌。

故宫奔驰炫富女（新韵）

奔驰轮碾故宫哀，挑战文明二女钗。

炫富撒欢三百万，有钱无道必遭灾。

无　题

攘攘熙熙为利忙，浮云遮眼误花香。

无边好景何曾品，转瞬惊秋已夕阳。

为　官

牢记初心得始终，廉勤刚正袖清风。

功名利禄头争破，事犯东窗转瞬空。

夫　妻（新韵）

淡到极时亦是浓，贴心细雨润无声。

夫妻何用山盟誓，烛剪西窗两挚情。

素　心

素心常守日晴明，夜半风霆寐不惊。

利禄功名疏我远，田园诗酒乐平生。

绝
句

高铁霸座男

霸座渣男网曝光，装腔耍赖劣名扬。

有才无德遭人唾，自毁前程苦果尝！

四 季

春风和煦满庭芳，夏雨连绵涨柳塘。

秋碧云高红叶醉，冬寒雪瑞蜡梅黄。

观瀑布有感

幽林溪水缓悠然，莹澈恒柔石可穿。

不弃轻流容乃大，遥天劈泻势无边！

大昭寺（新韵）

长头磕地谒虔心，一路风霜半袖尘。

洗尽前缘深重孽，佛国净土寓安魂。

留守儿童

鸡声残月梦惊眠，奶奶爷爷早播田。
茅舍细娃思父母，一汪别泪煮村烟。

扑火烈士祭（新韵）

木里林燃烈火熊，军民扑救阵前冲。
三十勇士英魂陨，遍野山花带泪莹。

罗刹国

马户园中又鸟啼，歌坛如浊染黄泥。
刀郎十载推新曲，一剑封喉众恶悽。

题闭嘴兽

屋脊观云豪气生，是非寒暖自分明。
锋芒不露常缄口，厚积粮财享太平。

绝
句

饯李桥姐夫妇甘肃避暑

酒过三旬意未央，鱼斋饯送叙情长。

如何此去心难舍，只盼归来再举觞。

重温誓词

恪守章程四十年，青春回望已如烟。

退休未敢初心改，旗下昂扬再举拳。

恭贺"光荣在党五十年"纪念章获得者（新韵）

庄严宣誓五十年，筚路征程重任肩。

老骥犹存千里志，复兴伟业再争先。

贺锦悦汇酒店开业（藏头诗）

锦衣宝马客纷来，悦口珍馐巧手裁。

汇萃名流生意火，好怀佳酿醉千杯。

国家公祭日感怀

戮我同胞血泪垂，长江怒吼九州悲。

撞钟铭耻兴华夏，筑梦强军振国威。

律诗

五 律

虎年心愿

春早甘霖沛，年丰瑞雪皑。

白衣驱毒疫，学子夺高魁。

江海云帆挂，田园锦绣裁。

扬眉虎添翼，方客纳贤台。

寻 梅

清游碧水东，扶杖踏春风。

未见蜜蜂舞，方欣残雪融。

林深萌草色，坡陡觅芳丛。

仰视高崖处，虬枝数点红。

早 梅（新韵）

玉絮落无声，如蝶舞太空。

氤氲弥旷野，淡荡抚苍松。

莺雀层林隐，山川一色同。

疏篱寻翠意，惊见数枝红。

新 岁

往事随风去，新年履约来。

临溪春水绿，傍石蜡梅开。

雪影明松径，霓虹照凤台。

欢歌纳余庆，道福举香醅。

观《春运母亲》图片有感（新韵）

颠沛别桑梓，思归又一年。

行囊驮背上，襁褓抱胸前。

昂首神情定，谋生步履艰。

风尘千里路，辗转向家山。

立 春

斗转凝冬远，寒梅又著花。

句芒催李杏，太岁阻妖邪。

温炕孵鸡崽，垂纶泛钓槎。

鸭嬉知水暖，岸柳鼓新芽。

春（新韵）

万物始舒荣，春山曜日明。

石溪烟水暖，畴野麦畦青。

阡陌滋新草，丘林啭早莺。

农人知稼事，笑语备蚕耕。

迎春花（新韵）

纤枝卧岭冈，举蕊色鲜黄。

岂畏无肥土，欣然播淡香。

萌新呈勇毅，贺岁献情长。

春锁一开后，人间尽暖阳。

春雨杏花

娇容映碧塘，嘉澍湿啼妆。

朵朵腮悬露，丝丝雨带香。

迷离怜谢女，缱绻惜刘郎。

沾恋心期许，明春共举觞。

春访楚王山（新韵）

再访楚王山，寻幽拄杖攀。

缃花开陌上，锦鸟啭林间。

礼拜千佛洞，纡行九道弯。

穷高抬首望，畅览碧云天。

携孙踏春

寻芳郊野处，水碧远山横。

沙净儿童乐，林幽鸟雀鸣。

开心嬉锦鲤，乘兴放风筝。

日夕无归意，爷孙皆忘情。

雨 水

阳和雨乍晴，堤岸草初萌。

梅树开新蕊，丘林啭早莺。

隔溪观雪鹭，引线放风筝。

沃野牛铃响，农家正垦耕。

植树节

莺飞春草长，植树正当时。

雨润海棠绽，风柔岸柳垂。

白杨能和曲，红豆最相思。

今日栽希望，来年果满枝。

植　树

春光无限好，植树正当时。

杨柳栽溪畔，香樟种路陂。

施肥牢主干，浇水润根基。

今日纤苗小，来年茂九枝。

紫藤花开

小院紫藤鲜，朦胧拂瑞烟。

一庭香袅袅，十里蝶翩翩。

蜂语枝头闹，人酣架下眠。

情浓花有意，会约共年年。

律诗

71

踏春三月（新韵）

芳林听鸟啭，岫壑赏村花。

柳径春光好，桃蹊景色佳。

风轻飞紫燕，日暖映晴霞。

雨过苔痕绿，蓑翁钓古槎。

春　晓（新韵）

晨闻雀鸟声，窗外日暄明。

梦醒人犹醉，身移景不同。

庭花开次第，紫燕舞澄空。

三月诗行里，舒怀沐柳风。

春游古燕桥（新韵）

沃野嘉苗绿，村花没断鼋。

桥颓人迹少，树茂鸟声欢。

驿道三千里，征尘数百年。

兴衰今古事，都在笑谈间。

注：燕桥，在徐州市铜山区境内。明代，燕王朱棣北伐，屯兵扎营于此桥之北，称燕营，后燕营便成了地名。明万历十八年（1590年）始建此桥，遂以燕桥名之。古驿道经过此桥。

春 分

季节值花辰，时光昼夜均。

风和飞紫燕，野旷踏芳茵。

浅渚苔痕绿，长堤柳色新。

桃林啼布谷，稼穑正催人。

春分有寄

天地分春色，山川沐暖阳。

莺啼芳草绿，燕剪柳丝长。

桃李明幽谷，凫鸥戏野塘。

遥思桑梓远，梦里菜花香。

春 韵（新韵）

春分昼夜平，日暖百花荣。

紫燕堂前舞，黄鹂树上鸣。

风吹杨柳绿，雨润麦苗青。

竹户晨烟袅，农家早播耕。

律诗

73

春　山

春深草木荣，林静鸟音清。

岚起弥香气，风吹惜落英。

飞泉幽谷响，远岫白云生。

雨后寻真趣，逋翁笑脸迎。

奎河巨变

昔日奎河浊，如今透底清。

连堤杨柳绿，夹岸海棠明。

鹭鷥寻鱼汛，枝摇辨鸟声。

长纶多钓客，沃野正春耕。

排污地今朝

昔日浊污地，蔷薇处处栽。

园深迷喜鹊，花丽衬红腮。

祥瑞黎民护，芳馨公仆裁。

置身谁不醉，真若在瑶台。

砀山赏梨花（新韵）

久慕梨花海，随朋赏砀山。

风吹香有意，日照蕊争妍。

老树披琼笑，勤蜂携粉喧。

悠然行画里，恍若入云间。

邻 居

唧唧唱纤歌，临窗见鸟窝。

殷勤孵幼崽，潇洒逐飞蛾。

小院荣光焕，闲庭喜气多。

良朋相与处，仁爱沐同和。

注：我家窗前，天天有不知名的小鸟在叽叽喳喳啼叫，有时嘴里衔着虫子，飞来飞去。打开窗户仔细观看，右上角塑料水管弯曲处，有一鸟窝，看来是在抚养幼鸟。根据鸟的花纹和形状，网上百度一下，此鸟名叫：北红尾鸲。平时，我们尽量不去打扰它们，任由他们飞来飞去、欢乐鸣唱，同时，也给我们增添了喜气和快乐。

律诗

情寄桑梓

鸡声醒竹烟，晨旭曜林阡。

犬吠疏篱外，云生断岫边。

池塘飞白鹭，溪壑泻鸣泉。

理罢桑麻事，偷闲钓绿川。

无名山公园赏牡丹花

欣闻淡淡香，丽日绣霞光。

蝴蝶羞颜舞，啼莺妒蕊藏。

凭栏观魏紫，举镜拍姚黄。

满目倾城色，何须道洛阳。

柳 絮（新韵）

逐梦空中舞，孤飘人视微。

身轻随陌躺，影乱任风吹。

往事谁堪忆，浮生自叹悲。

征尘双鬓染，游子夜思归。

寻幽九龙湖

堤岸接通衢，波光映绿芜。

风裁三色堇，柳荡九龙湖。

绝岛寻佳境，群鸥笑老夫。

兴浓归楫晚，唱和醉屠苏。

云龙湖沉水廊道

珠山沐暖阳，沉水步回廊。

鱼戏游人乐，风轻野鸟翔。

虹桥连曲岸，天影倒横塘。

客至因何醉？云湖似美觞。

"三八节"有怀

粉面笼蝉纱，晴空映彩霞。

文君能奏曲，玉女也持家。

貌美倾城慕，才高举世夸。

风姿盈笑靥，灿烂胜桃花。

注：文君，卓文君。

参观百蔬田园有感（新韵）

春日入穹隆，惊疑是月宫。

油油芹菜绿，烈烈辣椒红。

机器施农药，番茄吊线绳。

无须愁旱涝，四季保登丰。

雨　水

（一）

时雨报春声，篱边草色萌。

才听深涧响，行见远山横。

池畔垂新柳，枝头啭早莺。

农家忙陌上，浸种备蚕耕。

（二）

风和雨水生，溪畔草滋萌。

堤岸垂新柳，丘林啭早莺。

田园初吐翠，池泽渐凝明。

乡国牛犁备，农时促播耕。

惊　蛰

雷震蛰虫惊，时和百草生。

横塘飞紫燕，深树啭黄莺。

雨润苔痕绿，花开柳色明。

山间溪水响，布谷正催耕。

春日听雷

旷野滚雷声，溪湾众草萌。

潇潇零雨落，隐隐百虫惊。

旧舍栖梁燕，新林啭柳莺。

畦田苗涨绿，骋望远山横。

春　意

阳升鼓蛰雷，物醒百虫回。

嫩叶春风剪，新禾细雨裁。

黄莺鸣岸柳，紫燕绕池台。

向晚溪头钓，烹鲜醉酌杯。

律诗

山乡春暖

烟溪润石苔，柳色接春陔。

喜鹊登枝唱，桃花耀眼开。

风斜飞紫燕，雨落响轻雷。

阡陌人行早，蚕耕布谷催。

谷　雨

烟袅鸡声醒，黄莺唱柳枝。

槐花开径路，谷雨涨陂池。

风暖轻舟棹，人忙沃野犁。

椿芽园后摘，豆腐拌乡思。

谷雨时节（新韵）

谷雨知春暮，飞红荡逝川。

桃林人已杳，柳絮梦空悬。

游子归心迫，天涯客鬓残。

篱头听燕语，最忆旧庐园。

何桥镇印象（新韵）

昔日故河滩，长堤笼玉烟。

枝垂火龙果，水映碧云天。

沃野桑麻绿，丰林莺鹊欢。

乡村惊变化，疑是在江南。

春日赋闲（新韵）

绿水绕烟村，蓑衣钓柳阴。

山川常作客，鸟雀屡为邻。

竹下筛明月，花间赏碧云。

铺笺酌好句，沽酒卧微醺。

雨　后（新韵）

向晓春雷响，潇潇细雨绵。

云归新燕舞，水聚早蛙喧。

时味初春韭，清明二月天。

农家耕沃野，喜鹊唱枝欢。

律诗

81

劳动节感怀

文火煮香粳，厨房小菜烹。

提神斟玉液，养胃做鱼羹。

美味稚孙品，微功老伴评。

天天皆此节，劳动我光荣。

端　午

时水涨荷塘，枝头杏子黄。

菖蒲亲岸绿，月季满庭芳。

击鼓龙舟竞，开尊米粽尝。

驱虫门插艾，兰浴佑安康。

暮　春

一夜潇潇雨，初晨露弄晴。

枝头榆荚嫩，篱畔牡丹明。

日暖归梁燕，春深啭柳莺。

蔷薇新满架，沃野正时耕。

春　逝（新韵）

昨夜雨濛濛，平明草色莹。

鸟声春日脆，蕉叶夏时荣。

风舞旋飞絮，溪流荡落红。

人生常苦短，岁月去匆匆。

立　夏

（一）

柳絮飞清夏，残红坠碧溪。

蝼蛄温旧梦，蚯蚓掘新泥。

雨润禾秧苗，风吹麦穗齐。

镰刀宜早备，蛙唱促耕犁。

（二）

布谷鸣春去，风熏夏日长。

窗明映榴火，雨霁涨荷塘。

燕子庭前舞，农家地里忙。

汗浇畦亩绿，秋盼稻粱香。

初　夏

风熏昼续长，夜雨涨荷塘。

芍药随春谢，蔷薇倚夏香。

莺啼催播谷，蛙唱促栽秧。

猫狗贪凉地，枇杷映日黄。

初夏游天目湖

鸡啼三省界，竹海鸟飞鸣。

笋嫩新篁绿，泉温御水清。

游轮环岛绕，地轨入山行。

咀味鱼头美，茶香远客迎。

注：鸡鸣村是藏在深山里的古村落，地处苏浙皖三省交界。据说村里的大公鸡拂晓时分"喔喔"一叫，周围三省的老百姓就都醒了。

芒 种

（一）

农忙四月天，布谷唤声连。

割麦披晨露，移棉踏暮烟。

插秧新雨后，浸种碧池前。

陌上无闲客，秋来盼稔年。

（二）

机声隆沃野，麦秆积横阡。

布谷啼林岫，禾秧插渚田。

风熏肤似火，日永嗓生烟。

吃尽千般苦，辛劳盼熟年。

（三）

家家忙割麦，机唱夜无眠。

布谷啼林岫，秧禾插水田。

风熏肤似火，日灼口生烟。

解渴寻凉处，箪瓢饮洌泉。

夏 至（新韵）

影短日时长，凌霄映绮窗。

新蝉鸣碧树，旧燕绕华堂。

竹曳千竿翠，荷开万缕香。

听溪歌一曲，柳下钓清凉。

夏 韵

夏至昼时长，荷风沁水香。

青蝉鸣翠柳，紫燕绕丰堂。

池畔蛙声起，蒲丛鹭影藏。

寻幽新雨后，竹径独空凉。

陪外孙逛动物园（新韵）

曲径树阴浓，蝉吟鸟悦声。

攀岩猴跳跃，逐水鹭飞行。

栅外嬉斑马，笼中走浣熊。

休闲消暑夏，快乐两游朋。

夏 日

风熏昼暑长，沃野植新秧。

燕子穿庭舞，蔷薇绕栅香。

蝉鸣欣绮树，蛙唱醉荷塘。

猫狗贪凉地，葵花映日黄。

夏 夜

清辉明月里，高树咽新蝉。

鱼跳金波荡，荷香白鹭眠。

蛙声惊宿鸟，柳渡卧篷船。

水笼轻纱梦，身临已若仙。

夏夜游湖（新韵）

独步霓虹远，荷塘阵阵蛙。

芦丛藏宿鸟，津渚系浮槎。

夜静鱼潜底，波微水笼纱。

清宵何处好，月色此时佳。

夏　雨

一夜萧萧雨，平明水涨塘。

琼珠荷盖跳，白鹭渚田翔。

锦鲤青萍啄，黄莺碧树藏。

农家欢惬喜，嘉泽醉新秧。

暴　雨

一夜雨涟涟，平明水接天。

小区成泽国，大路变潭渊。

济涉波光漾，遥观瀑布悬。

出门寻渡口，不见打鱼船。

夏日雨后

炎天人倦懒，久未入山林。

雨霁峰峦秀，莺啼涧壑深。

澄岚浮野径，翠壁照幽襟。

嗟赏溪边竹，流泉濯俗心。

大暑（新韵）

时节逢大暑，一日热三分。

知了鸣高树，蜻蜓舞绮云。

开轩光耀眼，出户汗湿襟。

雨后蛙声起，田园稻黍深。

乡居夏日

石径踏苔斑，葱茏接远山。

庭前新燕舞，竹外白云闲。

人坐垂杨处，舟行碧水间。

村翁邀对弈，日暮不知还。

登云龙山（新韵）

夏日上云龙，蜿蜓踏翠晴。

湖光收眼底，石径入林中。

莺唱听南秀，冈连卧北雄。

危巅天阔远，独赏遍山松。

荷塘消夏

丽日照横塘，风吹拂面香。

青盘莹瑞露，水镜鉴红妆。

人近蛙声隐，舟行鹭影藏。

渔歌烟霭里，莲动撷清凉。

赶烤淄博（新韵）

千里驱车至，熙熙不夜城。

街前音乐起，宇内几桌横。

入座撸羊串，寻香集网红。

温馨烟火气，齐鲁醉豪情。

祝高考学子

灯火朗书声，鸡啼月五更。

十年风雨路，一世友师情。

展卷心犹喜，挥毫气不惊。

龙门今日跃，金榜早题名。

秋日感怀

一叶知秋老，年衰鬓染霜。

青春成往事，晚岁惜流光。

身退豪情在，心平锐气藏。

田园寻雅趣，采菊赏斜阳。

初秋游湖

水漾烟波淼，莲深隐桨声。

沙洲飞白鹭，柳岸啭黄莺。

日暮渔歌唱，风眠晚月明。

初秋游泽国，蟹硕醉金觥。

荷塘秋韵

雨后爽秋风，荷塘系短篷。

波心摇旧绿，水面落残红。

鹭起香蒲乱，蝉吟老柳雄。

怡魂人忘返，锦鲤笑村翁。

秋 思（新韵）

望断南飞雁，伊人已远行。

锦书难寄语，心事与谁倾。

野渡孤舟寞，空山夜月明。

桃林依旧在，梦里忆春风。

处 暑（新韵）

三伏近尾声，蔓草促织鸣。

秋老威还在，蝉嘶嗓亦宏。

潇潇帘外雨，瑟瑟晚来风。

最是家山好，田畴谷乃登。

秋日游汉王镇

行车任导航，横翠绕山冈。

蔓草侵田陌，闲翁钓苇塘。

鹭飞蒲影乱，风拂稻花香。

采摘红龙果，金秋醉此方。

云龙湖晚暮

竹外笼轻纱，归帆映落霞。

青山云作伴，绿水月当槎。

雀闹栖松径，鱼肥客酒家。

波光相与饮，一醉到天涯。

彭城之秋

征雁白云裁，东坡菊遍开。

黄河流古韵，宕口胜蓬莱。

极目苏公塔，临风戏马台。

回帆悬落日，桂酒畅瑶杯。

秋夜思

池光粼月色，竹影曳窗台。

桂子穿帘馥，蛩声入耳来。

推门临皎洁，策杖独徘徊。

别梦家山远，东篱菊应开。

律诗

乡 居

红柿枝头挂，秋禾入眼明。

云闲霜叶染，水碧远山横。

晓看东篱菊，时听北雁声。

钓归邀月饮，惬意享幽情。

重 阳

叶落草凝霜，梧桐伴菊黄。

遥知桑梓远，近察水烟茫。

持酒思亲友，登高忆故乡。

茱萸惊客梦，佳节独彷徨。

秋登龙腰山

拾级蜿蜒道，危亭插碧霄。

群峰收眼底，乱石遍龙腰。

坐赏层林美，行观野菊娇。

登高心畅爽，举手白云招。

游马陵山（新韵）

秋日览峰山，龙湖水映天。

乾隆临古道，陈毅镇雄关。

飞瀑三仙洞，清流长寿泉。

昔时连马处，孙膑斗庞涓。

白　露

秋高天气爽，玉露夜生凉。

月皎花摇影，风清桂溢香。

蟹鱼塘里硕，稻谷畈中黄。

燕子徘徊舞，相思又远方。

白　露

皓洁池塘月，秋寒旷野明。

凉烟侵石渚，柴栅乱蛩声。

逸陌乡歌起，郊林宿鸟惊。

星河飞白露，夜寂草尖莹。

律诗

95

白　露

向晓远山横，烟岚起石泓。

草纤悬白露，叶落壮秋声。

野径丹枫艳，田畴五谷盈。

农家忙稼穑，岁稔举云觥。

白　露

晓露草尖莹，榛丛促织鸣。

湖光连远岫，云影落深泓。

菊灿棉田白，鱼肥稻穗橙。

秋风携彩笔，沃野绘欣荣。

秋　分（新韵）

斜日染菊黄，秋分夜感凉。

蛩鸣声入耳，竹动月临窗。

酒醒家山远，更深客梦长。

遥知蛙乱处，满畈稻花香。

秋 分

霜凝知岁老，谷熟话秋分。

茅舍常邀友，蓬窗不释文。

闻香怜桂子，把酒饮醅醺。

荣辱随风去，逍遥寄白云。

寻幽竹泉村

碧水村边绕，枫红菊正黄。

竹泉滋草树，石碾印沧桑。

院静炊烟袅，坛深岁酒香。

溯源临胜境，吟客醉澄阳。

秋游天门寺（新韵）

山深幽古寺，道远近钟声。

蝉噪阴林静，墙红殿瓦明。

天门衔曙日，岩壁矗苍松。

孔子登临处，儒书晒碧穹。

晚秋登佛手山（新韵）

向晚登佛手，崖巅赏绮云。

远山衔落日，蜚鸟入松林。

叶褪疏乔树，枫红映古村。

高观农亩阔，畅朗满晴襟。

秋 怀

向晚秋风起，萧萧落木声。

寒蝉高树咽，孤鹜远山横。

游子南云望，长空北雁征。

乡心千里路，月曜一江明。

游王绩躬耕处（新韵）

林庐读《野望》，云岫荡秋声。

托病东皋隐，归田五柳耕。

但求餐有酒，何计政无功。

律体开新派，堪为后世宗。

注：王绩（约589—644），字无功，号东皋子。　王绩被后世公认为是五言律
诗的奠基人，扭转齐梁遗风，为开创唐诗做出了重要贡献。

98

情寄桑梓

鸡声醒竹烟，晨旭曜林阡。

犬吠疏篱外，云生断岫边。

池塘飞白鹭，溪壑泻鸣泉。

理罢桑麻事，余闲钓绿川。

军人礼赞（新韵）

烈火勇前冲，天塌巨手擎。

惊心排险阻，浴血卫和平。

泪纂英雄谱，歌讴子弟兵。

军民唇齿爱，钢铁铸长城。

九一八国耻日有感

夜半响枪声，倭人恣意横。

偷轰南满路，强占沈阳城。

父老肝肠断，山河血泪倾。

今朝磨宝剑，雪耻警钟鸣。

寒　露

昼暖夜寒凉，江天万里霜。

梧桐萧别院，陶菊炫篱墙。

蔓草莹清露，晴空列雁行。

荷塘虽寥落，但喜桂花香。

霜　降

霜降惊秋艳，东篱菊蕊黄。

北林红柿醉，南院桂花香。

日午天还燥，荷残夜渐长。

交冬宜早补，气茂体康强。

立　冬（郭政霖配图）

冬临春不远，微笑向隆寒。

篱菊迎风傲，枯荷立水残。

霜枫燃峭壑，贞竹翠危峦。

独有凌云志，时艰怎惧难。

立冬日观落叶

时临数九寒，旷野踏蹒跚。

飒飒千枝瘦，萧萧一地残。

沿堤栖石径，逐水泊河滩。

游子思桑梓，归根梦可安。

初冬山村之晨

篱菊随风曳，枯荷带露寒。

鸡鸣村墅晓，鸭闹栅塘欢。

晨雾侵田畈，晞光耀石峦。

冬闲无稼穑，美睡足甘餐。

冬日玫瑰

冬日得玫瑰，忧寒傍户栽。

置篷遮雨雪，覆土固根垓。

初叶惊仓玉，新苞染粉腮。

花怀知谢意，笑向主人开。

初冬垂钓

垂纶钓夕阳，纤影照寒塘。

鬓与芦花白，颜同藕叶苍。

人衰心不老，菊萎蕊还香。

快意提竿起，鱼欢入篓筐。

冬 至（新韵）

数九始天寒，初晨擀面团。

新桌包饺子，热水煮汤圆。

祭祖现情肃，祈福道早安。

家家开宴饮，老少满堂欢。

冬 至

凝寒时入九，冬至大如年。

游子归桑里，家祠拜祖先。

北方包扁食，南国煮汤圆。

岁杪生机蕴，梅花待雪妍。

小 寒

村原天欲雪，枯苇荡河滩。

诗赋临窗读，儿孙绕膝欢。

泽封栖野鸭，雾起隐苍峦。

杪岁无农事，围炉话福安。

小寒感怀

庐宅避新冠，风萧细雨寒。

相思人别后，独望叶飘残。

台榭萦罗袂，笙歌绕画栏。

漏长增慨忆，自醉不成欢。

大寒抒怀（新韵）

昨晚逛超市，今朝入大寒。

持盆腌腊肉，烧水煮汤圆。

喜鹊枝头唱，儿童栅外欢。

心期春早至，惬意赏幽兰。

律诗

103

腊月小雨日抒怀

岁杪雨如酥，篱边宿草枯。

梅枝惊乳萼，竹径踏琼珠。

遣兴新诗赋，驱寒老酒沽。

高情邀二月，日暖赏春芜。

七 九

柴门鸡犬吠，竹树绕农家。

行路脱棉服，临篱见草芽。

石前梅蕊笑，溪畔柳丝斜。

稼穑邀邻议，春耕早备耙。

雾

凭窗黯寸眸，晨树笼烟稠。

迷漫蓬莱岛，依稀海蜃楼。

阶前柴犬吠，溪畔路人忧。

日出天新爽，丛林百鸟啾。

山村初雪（新韵）

雪舞山村静，田园麦垄白。

菜畦逐雀鸟，瓦灶续薪柴。

黄狗门前吠，花猫炕上乖。

冬闲无稼事，乐赏蜡梅开。

瑞　雪

鸡窗映眼明，出户觉裘轻。

栩栩观游蝶，深深踏碎琼。

天寒飞鸟匿，地阔远山横。

对仗儿童乐，篱边掷笑声。

雪夜读诗

雪落夜无声，时闻宿鸟惊。

翩翩凝地白，皓皓照窗明。

灯下三冬冷，诗中万木荣。

鸡啼知日晓，伫看远山横。

冬游佛手山

风轻心畅爽，日暖白云闲。

仰赏莲花座，重登佛手山，

鸟声听远近，树色映斑斓。

凭眺田园阔，爷孙尽忘还。

再游佛手山

数九日融晴，携孙佛手行。

枝头乌鹊唱，岭外白云生。

举杖敲松果，凭台镜石泓。

流连归午后，乐饮酒三觥。

冬游娇山湖

凫戏水微澜，枯荷立浅滩。

喧声听雀鸟，倒影入峰峦。

风过蒹葭白，云悠岛树丹。

心空无俗事，柳下钓清欢。

游天门寺

节日驱车至，摩肩拜佛人。

心空修境界，泉碧洗根尘。

古木登山赏，晴峰拄杖巡。

云闲观自在，鸟唱长精神。

冬

枯草卧篱边，疏林绕野田。

峰峦衔夕照，岁月入冬眠。

霜压寒梅傲，风吹落叶旋。

生机冰雪孕，期冀待春妍。

冬日随吟

客路寒山远，风吹叶落忙。

衰蓬摇旷野，老柳立横塘。

种待春天绿，梅开腊月芳。

人生如四季，荣辱苦甘尝。

恩　慈

一盏油灯下，冬寒夜已深。

移筐轻取剪，引线急穿针。

背影三更瘦，霜花两鬓侵。

儿行千里外，冷暖母担心。

父亲

（一）

满面写沧桑，烟尘两鬓霜。

如山严有意，似海爱无疆。

酸苦家尊品，鲜甜子女尝。

今恩何以报，唯愿父安康。

（二）

扶犁耕日月，浸种播春秋。

谷熟驱馋雀，农闲牧老牛。

着衣多布缕，啜食少珍馐。

脸上沧桑色，风霜满白头。

（三）

种地背朝天，新衣不舍穿。

秋时寒露浸，夏日太阳煎。

解闷三杯酒，思儿一袋烟。

春晖恩寸草，大爱越层巅。

父亲节忆父

父爱大如山，风霜两鬓斑。

含辛挑岁月，负重度时艰。

养火温寒舍，盘家固港湾。

升仙辞世去，儿女忆容颜。

夫　妻

西窗同剪烛，举案品兰羞。

爱似陈年酿，嗔无隔夜仇。

合心行远路，协力济方舟。

孝悌传家世，甘当孺子牛。

家庭厨师

锅铲奏嘉声，厨房小菜烹。

生津腌米辣，养胃煮莲羹。

时味稚孙品，刀工老伴评。

盘中盛悌睦，欢乐醉亲情。

豆　浆（新韵）

机器飞旋转，光阴细打磨。

门庭盈笑语，黍豆共笙歌。

妙味悠然品，浓情自在喝。

一杯心里暖，畅意享生活。

抱　恙（新韵）

近里生疾恙，寻医问药喝。

胃酸吃饭少，腹痛打针多。

思盼身康日，聆听鸟唱歌。

踏青邀好友，倚棹钓清波。

老 骥

年衰志未休，野旷白云悠。

兴跨无缰马，闲乘不系舟。

崖前观秀木，涧底濯清流。

绝处临天下，风光放眼收。

贺邻家女儿结婚

花轿接新娘，羞羞半掩妆。

欢愉情缱绻，热闹鼓铿锵。

邻里恭嘉福，宾朋讨喜糖。

连心同剪烛，互敬举琼觞。

宜 居

东原盈紫气，广厦起云梁。

细雨酥杨柳，春风醉岭岗。

门临一池碧，帘卷满庭芳。

置业宜居地，家和福永昌。

悼外甥

噩耗侵晨至，雷惊乱似麻。

天堂迎上客，阡陌绽瑶华。

垂泪英年逝，伤心白发嗟。

出门携雨伞，风起你回家。

夜梦英年早逝的外甥（新韵）

夜寂久难眠，依稀宴聚欢。

开心姨夫叫，笑脸酒杯端。

梦醒人无影，更深月抚帘。

音容今宛在，枕上泪潸然。

迎客松

峻拔立危巅，风霜铸铁肩。

骋怀听雨雪，纵目览云烟。

雷电惊心裂，星辰入梦眠。

守谦迎雅客，寄傲志参天。

读　诗（新韵）

诗与古人聊，心田细雨飘。

谪仙杯饮月，屈子剑横腰。

独悟乾坤阔，欣然境界高。

夜阑无倦意，鸟唱醉晨朝。

夜读宋会长《微风集》（新韵）

书香斗室盈，展卷夜读灯。

桃杏三春雨，芝兰十里风。

才高追子建，句妙比渊明。

不觉鸡啼晓，吟窗丽日升。

无　题（新韵）

夜雨浸别情，西窗忆剪灯。

郊原曾赏雪，台榭屡临风。

挥泪天涯走，惜缘梦里逢，

相思无睡意，独坐到晨明。

律
诗

113

云龙书院重建有感

诗书修境界，道德筑藩篱。

冯煦初山长，钦霖始教师。

沧桑三百载，桃李数千枝。

今日雄风现，湖亭望伟奇。

注：1. 冯煦，著名词人、探花。
　　2. 钦霖，进士王钦霖。

八一随感

八一枪声响，秋收赤帜扬。

雪山燃火种，窑洞策图强。

渡堑消帮匪，援朝打虎狼。

抗洪常抢险，卫国戍边防。

大国工匠——北京冬奥会 5G 网络搭建者张嘉

央视赞联通，张嘉亦走红。

初心铭赤子，远志傲苍穹。

不惧艰难苦，何惊雨雪风。

全民迎奥运，网络立新功。

贺神舟十三号载人飞船返回舱成功着陆

揽月跨三界，追星上九垓。

琼瑶金阙抚，宇宙课堂开。

极目观云汉，邀朋会帝台。

遨游今复返，载梦绕天来。

避疫寻趣

避疫宅家里，凭窗望郁芊。

桃花方楚楚，蝴蝶正翩翩。

竹翠摇晴旭，风和沐暖烟。

小区寻惬意，绝不负春天。

徐州地铁3号线开通试乘有感

游龙地下行，似箭疾无声。

安稳车窗靓，时新座椅明。

回头经矿大，转眼至和平。

翁妪携孙乐，相乘逛古彭。

注：矿大，中国矿业大学站；和平，和平大桥站。
古彭，徐州古称彭城。

律诗

115

国土资源局采风随感（新韵）

山多人口众，食养倚粮丰。

寸土吾侪护，一畦后嗣耕。

监察严法纪，谨守立殊功。

国富长城固，民安享太平。

狼山阻击战（新韵）

微云起戍烟，勇士阻狼山。

寒玉遭围困，国军被聚歼。

仓皇逃李弭，兵败走清泉。

帷幄决淮海，徐东喜讯传。

注：黄百韬，号寒玉。清泉，邱清泉。

凭吊凤冠山烈士陵园

碑石立云天，英魂翠麓眠。

秋光临此地，烽火忆从前。

为国红旗举，匡时碧血溅。

我侪今拜谒，承志续航船。

116

塞罕坝人

昔时荒漠岭，放眼虐风沙。

汗水浇新绿，征尘映晚霞。

青春燃塞外，霜鬓系天涯。

行看丛林处，金莲万朵花。

鸿星尔克赈捐有感

中州水漫城，善举解囊倾。

媒体贤流赞，商场顾客评，

佳人崇国货，士子助民英。

有义天垂佑，方来业向荣。

贺《诗韵铜山》付梓

彭铿封国地，逐鹿几千秋。

自古多雄俊，凡今有宛驺。

墨池书险劲，诗笔赋悠柔。

恭贺牛年后，风长更荡舟。

贺雪藻兰襟诗集刊发暨平台创刊百日

雪藻兰襟意，唐风宋雨情。

平台交契友，吟集展心盟。

踏雪寻梅韵，飞歌引凤声。

春来原上绿，日暖百花荣。

题赞清韵十二钗（新韵）

卓尔女裙钗，霓裳巧手裁。

清琴歌锦绣，妙笔赋情怀。

秋月窗前皓，春花脸上开。

兰襟香溢远，雪藻映瑶台。

《清韵十二家》出版有感

贺词如玉絮，片片入红笺。

雪藻仪才女，兰襟礼俊贤。

临屏寻雅韵，镂版荟瑶篇。

书至凝神品，成欢夜未眠。

贺睢宁县诗词协会第三届会员代表大会召开

黉堂育桃李，协会促诗才。

睢水流清咏，骚人有舞台。

风馨文意美，墨润笔花开。

撷句遥相贺，吟坛再晋阶。

时　序

一年分四季，春夏又秋冬。

蝶戏妍芳馥，蝉鸣碧树茏。

霜枝垂硕果，银粟挺苍松。

生命循时序，枯荣亦感惊。

西山秋雪诗友提议缩写为七绝

一年春夏又秋冬，蝶戏蝉鸣碧树茏。

银粟霜枝垂硕果，枯荣岁序亦欢惊！

夜行有感（新韵）

入暮行人少，天阴外野黑。

林深风影恐，路远犬声悲。

雨过浮岚散，云移朗月归。

初晨观日冉，大地又鲜辉。

上学的山里娃求学（新韵）

出门越迥川，险栈夜凝寒。

皎月明凉野，霜风啸树巅。

鸡鸣十里路，犬吠五更天。

岚起群山醒，书声朗校园。

走天涯

北疆才赏雪，南国又观花。

东岳登高顶，西湖沐晚霞。

草原挥骏马，津岸泛桴槎。

四海豪情走，江山处处家。

天柱山

丛山一柱擎，南北割昏明。

伸手停云摘，开襟旭日迎。

奇松崖上立，怪石岭前横。

皖伯封疆地，连绵未了情。

烟台登大南山

山高云作证，道险鸟飞惊。

浚壑丛林暗，烟溪碧水明。

攀岩无惧色，越涧有歌声。

及至峰巅处，天涯共海平。

穿越莲花峰（新韵）

仰望莲峰峻，云回险栈惊。

攀岩翻峭壁，跨壑越深泓。

林茂狭溪路，泉叠溅水声。

凌高天地阔，旷远满豪情。

呼伦贝尔大草原

一代天骄远，风流几百年。

春来原上绿，秋至满黄妍。

云絮随空舞，牛羊逐草迁。

敖包歌荡漾，毡帐奶茶鲜。

感知西藏

身躯经炼狱，视觉入天堂。

雪霁山河壮，云开日月光。

春荣花烂漫，夏绿遍牛羊。

朝圣神湖美，江清碧水长。

过唐古拉山口（新韵）

长路入云端，龙游浪海间。

跳离三界外，驰上九重天。

修远接银浦，逶迤近雪山。

牛羊何适意？一过尚心悬。

登 山

峰奇山险峻，勇士显英豪。

云涌茫茫路，风嚣阵阵涛。

气盈身手捷，体健脚跟牢。

不畏攀登者，方能步步高。

小 路

清谧林中远，蜿蜒意境幽。

春风花烂漫，夏雨涨溪流。

秋叶经霜醉，冬茅雪上柔。

晨迎红日起，暮送彩云收。

七　律
小　年

斗柄回寅又小年，云蓝翰墨写门联。

儿童理发祈新福，剪纸泥窗拆旧棉。

祭灶熬糖言好事，扫尘沐浴庆春天。

归乡游子家团聚，炉暖茶香饺味鲜。

春节怀乡

夜里常常梦故乡，柴扉盛满趣年光。

哥哥把火燃鞭炮，妹妹持衣对镜妆。

除夕围炉辞旧岁，元辰讨喜拜高堂。

天涯羁望家山远，倾祝椿萱寿福康。

除　夕

备足红包压岁钱，开门纳福贴春联。

炖鱼调馅牛摇尾，升职加薪虎啸天。

游子归乡陪父母，暖堂置酒敬仁贤。

微屏恭贺亲朋好，相见明朝又一年。

迎春花

簇簇纤枝漫岭岗，凌寒举蕊吐金黄。

生于瘠土安随遇，培植园林更放香。

冬自养颐存瑞气，春迎嘉岁焕新妆。

东风召唤谁先到，欣与梅花共一堂。

春　雪

寂静山村舞雪烟，飞花乱眼坠寒川。

禽房炕暖鸡雏育，廪库灯明柳斗编。

温室大棚茭笋嫩，平畴野圃蒜苗鲜。

农家切盼春来早，雨顺风调好种田。

元宵节

（一）

十五之前仍是年，芝麻什锦滚汤圆。

长街笑语猜灯谜，短巷欢歌舞旱船。

异果绮肴斟绿酒，和风朗月弄清弦。

会心人约黄昏后，四海升平不夜天。

律诗

125

（二）

元宵佳节张灯彩，火树银花彻夜明。

旱棹高跷猜谜语，秧歌锣鼓舞升平。

长街宽巷香车过，酒肆茶楼美食烹。

稚子门前摔响炮，汤圆饴口最浓情。

元宵节遇雨水节气有感（新韵）

金豚除夜岁交春，十五元夕雨水临。

结彩张灯歌盛世，耍龙舞扇裛乡音。

月姣波漾千光耀，日丽山明万木新。

清露知时催稼穑，农夫勤奋早耕耘。

云龙湖畔二月春

丽月云湖波潋滟，桅樯画舫映楼台。

黄莺婉转枝头闹，金蕊含香陌上开。

煦煦东风梳细柳，翩翩紫燕剪新槐。

杏花十里烟姿俏，塔影天光入水来。

山乡春晓

红日初晨染涧溪，山乡十里绿平畦。

池心青鸭交欢闹，树上黄莺自在啼。

暖暖东风梳翠柳，翩翩紫燕啄新泥。

田家最惜韶光贵，不误农桑早架犁。

春日游解忧故里

一溪碧水柳轻扬，紫燕纷飞绕画廊。

岸畔莺声啼妙曲，枝头梅蕊溢清香。

好奇稚子依篮笑，爱美村姑对镜妆。

魁品丝绸名四海，解忧故里溯棠张。

春霁云龙湖

微雨初晴沐晓光，烟波浩渺接连冈。

红桃灼灼迎风笑，白鹭翩翩绕渚翔。

桨荡明湖帆影远，莺啼碕岸柳丝长。

飘然谁使游人醉，春煦如斟万里觞。

春回故里（新韵）

临村十里即闻香，坡上芸苔耀眼黄。
韭菜盈畦莴笋嫩，桃花吐蕊柳丝长。
一群家雀喧低树，两个侄儿引正堂。
祭祖今回桑梓地，门庭储满旧时光。

春游婺源

早春二月风和煦，览胜寻幽染翠烟。
古木荫浓遮丽日，清溪水碧泛楼船。
梯田茶嫩依山绕，油菜花香引蝶翩。
黛瓦粉墙云起处，安知天上是人间。

皖南三月

窗外依稀雀鸟啾，粉墙黛瓦浸春柔。
鸡声啼晓茶园绿，柳色和烟竹径幽。
谷隐云生飞白鹭，山移水绕放轻舟。
菜花炫目香青岸，心醉诗翁竟转喉。

春日感怀（新韵）

紫燕呢喃伟木葱，莺飞草长水清澄。

少时趣走千山路，晚岁闲听百鸟声。

遥忆当年鲜壮貌，嬉观今日老苍容。

宣情尽饮三杯酒，往事如烟似梦中。

油菜花

历尽寒冬雨雪霜，生机一片体中藏。

春来叶嫩盈田绿，燕至花繁遍野黄。

靓女帅男留倩影，蜜蜂蝴蝶舞韶阳。

风吹蕊荡乾坤醉，溢彩流金百里香。

清江春日游（新韵）

粼粼碧水自汤汤，千里蜿蜒入画廊。

峻岭奇峰侵岸立，雄鹰游隼傲云翔。

恢宏瀑布倾天泻，烂漫山花遍地芳。

雅客怡然船上坐，流连忘返醉心长。

律诗

陪老妻过三八节

没有香车没有花，番茄炒蛋拌椿芽。

三杯入腹青春忆，一笑言心白首夸。

尊老友朋能吃苦，相夫爱幼会持家。

女神节日专诚贺，携手余生沐晚霞。

"三八节"寄怀

晴日长街景色新，蛾眉星眼映朱唇。

楼台照水风光好，歌舞穿廊笑语频。

逸兴桥边留倩影，徜徉溪畔踏芳茵。

何须钻戒表心意，摘朵鲜花送女神。

三八节咏怀

今年三八不寻常，武汉新冠肆虐狂。

天使情深抛秀发，玫瑰义重别家乡。

兰娟疾骋巡危地，如意骑行赴战场。

飒爽英姿甘奉献，人间大爱永留芳。

注：李兰娟，女，中国工程院院士。甘如意，95后女医生，骑行300多公里返回工作岗位。

五四感怀

昔时初冠志轩昂，一介书生走四方。

驿路征程耕日月，江湖行处历风霜。

遥知慈母思游子，独上高楼望故乡。

柴院荆扉温旧梦，归来恍若少年郎。

母亲节怀感

山高伟岸水流长，恩重情深是爹娘。

早出晚归耕日月，风餐露宿理禾桑。

摸爬滚打浑身土，割晒扬储两鬓霜。

寸草春晖何以报，余年唯愿母安康。

雨后看花

人喜娱观映日花，看花雨后境尤佳。

贵妃出浴身垂露，飞燕移莲面笼纱。

星眼微饧娇弱力，东风轻曳落红霞。

英雄当会生怜意，才子更能赋兴发。

清　明（新韵）

又是清明雨水浓，柳丝垂泪草尖莹。

有知松柏萧然立，无语行人步履匆。

陵里纸飞烟袅袅，树间鸦叫泣声声。

缅怀仙逝音容忆，岁岁牵心不了情。

清明节怀祖父

少小常骑祖父肩，含饴摘果逗孙前。

深情未报伤今日，厚爱沉吟忆昔年。

岁月犹萦千里梦，阴阳已隔两重天。

清明丘冢虔诚祭，焚纸吞悲告九泉。

清明节祭父

四月风萧楚雨横，柳丝垂泪草尖莹。

苍松无语冈前立，游子凄然陌上行。

塚冷纸燃烟袅袅，碑孤酒洒泣声声。

怅怀缅忆先尊貌，意肃情伤不了情。

蒲公英

陌上田边苦蓿花，无人在意自芳华。

子乘白絮开新地，母伴青蒿守故家。

雾雨浓云仍碧绿，春秋暑夏遍天涯。

朝迎旭日嫣然笑，坐爱平川乐晚霞。

谷　雨（新韵）

杨柳荫浓雨渐增，池塘水涨起浮萍。

杜鹃啼唤催禾谷，紫燕飞旋赶羽虫。

锦鲤悠游嬉浅荷，黄莺欢跳闹梧桐。

青蛙助阵擂春鼓，人盼仓盈物阜丰。

云龙湖畔春日融

云龙湖畔沐春风，柳拂莺啼碧水东。

昨夜一场酥雨润，今朝十里杏花红。

欣观兰渚弥轻霭，静赏银鸥舞翠空。

塔影津亭衔远黛，渔帆结网唱艄公。

律诗

133

陪友人逛彭城

十里杏花迎远客，一湖春水染初阳。

烙馍煎饼调盐豆，包子油条就辣汤。

戏马台前寻汉楚，云龙山上拜苏张。

开瓶老窖呈心意，畅叙幽情满玉觞。

注：苏张，苏轼、张天骥。

吕梁湖采风

一湖碧水接云天，柳拂长堤淡笼烟。

蒹苇苍苍弥野渡，蓑翁缓缓棹渔船。

凭栏俯赏金鳞跃，举目遥观白鹭翩。

日夕霞飞歌荡漾，泮林归鸟奏和弦。

儿童节感吟（新韵）

犹记儿时住草屋，常穿杂布旧衣服。

爬墙游泳摔方宝，挑水劈柴喂仔猪。

檐下偷掏麻雀蛋，摊前爱看小人书。

如今转眼成追忆，年老身衰两鬓秃。

童 年（新韵）

贪玩忘返母频呼，雨后摔泥手脚污。
檐下偷掏麻雀崽，门前坐看小人书。
邀朋草地踢沙袋，翻栅桑林打弹珠。
转瞬童年成往事，依稀梦里忆当初。

端午感怀

彩绳角粽系端阳，追缅灵均抱石殇。
志士举贤施美政，谗臣误国陷忠良。
山悲水咽风垂泪，星陨烟寒人断肠。
可叹怀王贪小利，轻将社稷付沅湘。

芒 种

草木葳蕤杏子黄，开镰割麦理禾秧。
骄阳灼灼唇焦裂，梅雨潇潇水涨塘。
耕灌移栽苗下地，脱扬打晒粒归仓。
农家不计千番苦，再盼秋来五谷香。

初夏湖畔

新荷半卷雨初晴，夹岸榴花耀眼明。

紫燕衔泥柳上舞，苍蒲戏藻水边生。

翁垂钓饵滩头坐，帆逐游鳞浪里行。

陶醉不知天色晚，一轮落日似金觥。

有寄高考学子

夜半攻书月映窗，鸡声灯火发悬梁。

十年辛苦争朝夕，一路风尘历雪霜。

试卷生花凭妙笔，考场逐梦写雄章，

题名金榜传佳讯，指日鲲鹏展翅翔。

夏日寻幽

驱车百里访皇藏，古木阴浓遮日光。

石壁千寻悬佛寺，天梯一道绕岩冈。

云高自觉心胸阔，性定能闻岁月香。

逞兴登游归路晚，依稀山下酒旗扬。

乡村夏日

（一）

丰草苍苔石涧生，绿阴深处蚱蝉鸣。

芭蕉滴翠轻摇影，菡萏萦香细弄情。

雨后暑消溪水涨，门前燕舞板桥横。

此时最是家山好，玉米禾秧正向荣。

（二）

禾秧滴绿接林峦，雨后溪桥起急湍。

知了调弦高树唱，青蛙擂鼓野塘欢。

如烟岚雾迷幽壑，戴笠儿童捉浅滩。

摘个西瓜能解渴，纳凉柳下把纶竿。

夏日游皇藏峪

夹道黄桑揖远朋，山中夏日觅清兴。

幽林鸟啭蝉声起，古寺钟鸣瑞霭升。

坐石观云心畅爽，听泉探瀑气恢弘。

今朝不问红尘事，只待秋来再践登。

忆夏忙

五月风熏沃野黄，修渠育种始农忙。

镰刀飞舞垄头捆，麦个轻抛车上装。

耙地插禾挥汗水，间苗打药炙骄阳。

今朝犹记那时苦，最惜盘中饭菜香。

雨后观荷

夏日追凉步水滨，明湖霁景更怡人。

一桥曲径荷花艳，十里长堤柳色新。

翠盖亭亭风有致，清香袅袅韵无垠。

凌波不逐名权利，独处污泥自洁身。

七一感怀（新韵）

嘉兴七月启航船，马列光辉映晓天。

万里征程播火种，九级宝塔立延安。

诛杀倭寇军旗舞，飞渡长江战鼓喧。

两弹一星惊宇内，革新开放挂云帆。

相思夏日

独棹兰舟绕柳烟，微山湖上赏红莲。

云帆远黛飞孤鹜，画舫歌声忆玉蝉。

有意摘花人不见，无情断藕梦还牵。

荷塘漠漠风摇曳，一片相思水映天。

立 秋

斗指西南暑热长，频摇蒲扇逐清凉。

红蕖袅袅盈湖泽，白鹭翩翩觅柳塘。

鱼跃斜翻菱角嫩，蛙声犹送稻花香。

忽惊一叶梧桐老，对镜参知两鬓苍。

初 秋

蟹硕鱼肥藕涨池，林峦沃野绿葳蕤。

高粱威武昂头立，禾谷含羞俯首思。

北阜枣红新染树，南坡梨润正垂枝。

蛙声十里村烟袅，赤背牛童泽畔嬉。

感 秋（新韵）

每逢节日倍孤单，老伴锅台对月眠。

楼下横秋梧叶落，枝头盈耳鸟声喧。

无聊上网观沧海，寂寞凭窗望昊天。

依杖出门寻乐趣，枫林静坐煮清泉。

醉 秋

层林新染韵无穷，色彩缤纷各不同。

杨柳云摇枝细弱，梧桐日照叶璁珑。

几丛秀竹冲天绿，一树黄栌似火红。

更喜田畴盈五谷，老夫把酒醉千盅。

盛 秋

鸡声十里醒村烟，玉露莹莹草上悬。

溪畔丹枫迎曙色，枝头红柿缀秋天。

云舒日朗苍苔映，桂馥鱼肥碧藕鲜。

收罢霜禾无稼事，邀轮山月饮窗前。

深　秋

东篱菊绽正秋分，南亩棉田晒白云。

笑口石榴怀远梦，低头稻穗沐晴曛。

金风送爽山村乐，丹桂飘香鸟语闻。

鸿雁凌空挥手别，持枪玉米阅三军。

秋　热

高温不歇连三伏，葵扇频摇滚汗珠。

归舍如临烧火炕，出门宛入炼丹炉。

中天日烈庭花萎，北郭云横树叶枯。

切盼雷公敲急鼓，凉风爽雨落平湖！

山里红

春季花繁叶郁葱，秋来满树点灯笼。

垂枝玛瑙如霞灿，映日琅玕似火红。

活血减肥强妙药，生津止渴有奇功。

糖葫酸爽家乡美，露酒三杯醉老翁。

律诗

141

中秋遥寄边防将士

中秋天上冰轮满，佳节擎杯尽畅颜。

妻盼郎君鸿信至，母期爱子凯歌还。

征衣未洗巡林海，铠甲常披守雪山。

今享国安民富日，悉凭将士卫边关。

国庆、中秋双节抒怀（新韵）

中秋国庆喜相连，碧海清霄玉镜悬。

秧鼓咚咚敲陌上，红灯烁烁挂门前。

举杯共贺扶头醉，执箸同尝月饼甜。

节日祥和人静好，仰凭将士守边关。

庚子年秋登云龙山有感

苍龙静卧染霜秋，自古彭城列九州。

项羽沛公争霸业，楚河汉界割鸿沟。

黄茅冈上寻高士，放鹤亭前目宝楼。

向晚归帆摇落日，一湖碧水映云悠。

登云龙山感怀

一山秋色半山红，九节游龙卧水东。

登顶遐思寻太守，凭栏远眺忆重瞳。

黄河故道滋南秀，大汉遗勋铸北雄。

五省通衢今胜昔，豪情万里唱高风。

注：徐州，古称彭城，九州之一。彭祖故国，刘邦故里，项羽故都。故黄河穿城而过，大运河绕城而航。城南云龙山，九节山峰，高低起伏，其状如卧龙，春夏云雾缭绕，又如龙舞，故名。北宋大文豪苏轼知徐州二十四个月，多次携友游览此山，留下许多佳作名篇，《放鹤亭记》被广为传颂。因其政绩卓著，被誉为"亲民贤太守"。

赏秋楼山岛

征鸿赏望碧空悠，陶菊依栏独傲秋。

露冷霜浓红叶醉，花残蕊落绿荷休。

东滩稻谷才晞晒，西畈高粱又割收。

蟹硕鱼肥菱藕嫩，赪霞帆影目归舟。

秋雨怀乡

潇潇秋雨送新凉，风拂林疏叶染黄。

沛泽蒹葭添白发，琼池菡萏卸红妆。

阶前伫望家山远，席上方知旅梦长。

切盼晴明鸿雁至，归舟满载稻花香。

秋日感怀

青春洋溢挂吴钩，血气豪情志远筹。

处事高风追正类，为人低调步儒流。

昔时体健无浮虑，眼下年衰有隐忧。

不觉韶光如水逝，回眸绿鬓已惊秋。

重阳赏秋

中秋方过又重阳，雁过波澄始觉凉。

云淡枫红千岭醉，风轻菊灿万林霜。

枣甜柿润牵牛笑，蟹硕鱼肥稻谷黄。

赏景谙知山里好，时蔬野味酒飘香。

秋日徽州古村落印象

粉墙黛瓦水临街，篱菊红楠傍古槐。

香榧芳樟坡上立，轻舟竹筏涧边排。

廊沿窗下悬苞米，舍后房前垛火柴。

闲坐老人慈善目，顽皮稚子巧聪乖。

落叶随想

叶落如铺满岸堤，居山恋岭乐清溪。

闲观天碧浮云起，静赏林幽翠雾迷。

日朗风轻听鸟啭，月朦霜重伴鸦栖。

死生轮替皆常态，何惧随尘掩作泥。

秋高看云（新韵）

秋高八月看祥云，栩栩如生各有神。

山上银羊逃虎口，水中锦鲤跳龙门。

灵猴献寿鹏疾翥，鸿雁传书马奋奔。

坐地巡天多美景，缤纷曼妙悦人心。

寒露望雁

大火西流露欲霜，梧桐摇落菊花黄。

沧波归棹无鱼素，红叶题诗寄雁行。

独饮空愁犹梦绕，相思不见更情伤。

人生易老时光短，宿酒难消别恨长。

残　荷

蕊落荷枯别郁葱，芳魂一缕寄云鸿。

虽无翠盖擎朝雨，却掬冰华赠晚风。

露湿凉生心雅淡，雪纷影乱意豪雄。

寒侵不坠青霞志，铁骨昂然立水中。

初冬夜雨

晨起寒风浸背凉，郊园草败菊残墙。

芭蕉瑟瑟阶前舞，义竹潇潇石后扬。

客舍千衾无稳簟，家山万里有高堂。

依稀昨夜敲窗雨，游子愁怀梦故乡。

冬游彭祖园

携孙冬日瞻彭祖，天气虽寒意暖融。

池岛轻盈飞白鹭，铁笼憨态坐棕熊。

登山聆鸟松亭下，依榭嬉鱼碧水东。

童叟相牵心不老，清欢笑赏夕阳红。

小　雪

时逢小雪未深寒，竹翠枫红接跳峦。

庭院雨斜梧叶落，池塘水碧茭梗残。

冬闲醅酿菊花酒，霜重搓腌萝卜干。

无奈疫情还吃紧，轩窗读帖写清欢。

小雪话养生（新韵）

斗亥时临话养生，添衣健体御寒风。

青椒牛肉霜前藕，白菜鱼头雪里红。

一碗亲情开胃口，满桌暖意品羊羹。

家常最爱咸盐豆，煎饼芫荽卷大葱。

山村初雪

向晚纷飞初雪早，梧桐深院立清宵。
廊前曼妙芭蕉舞，窗外婆娑竹影摇。
山舍仓盈多谷米，农家库实满柴樵。
平明报晓雄鸡唱，日出林新映碧寥。

雪　日

天苍雪落山村静，犬吠鸡啼十里闻。
南陌枯丛无碧色，东篱残菊有余芬。
旁瞻篱落迷青霭，远眺田园覆白云。
日午欢邻邀小酌，三杯腊酒已微醺。

腊八节忆儿时

腊八风和已近年，依稀野草绿溪边。
云帆客路归游子，祭祀神灵拜祖先。
五味情浓锅里煮，半生心暖梦中牵。
儿时记忆终难望，切盼春回赏柳烟。

大　寒

岁杪冰封近鼠年，欣观梅朵映窗前。

雄鹰旷野追寒兔，骏马郊原踏响鞭。

禽舍炕温鸡仔育，菜畦手冷竹篱缠。

农家不畏隆冬苦，福佑时丰子女贤。

雪日感怀

凝烟渺渺弥山径，落雪纷纷覆石台。

旷野苍茫云气黯，空林凄冷鸟声哀。

峥嵘不忆当年勇，潦倒羞邀旧雨杯。

强挺衰身村院扫，篱前又见蜡梅开。

退休后

韶光易逝不容追，僻壤闲居贺解龟。

网上吃瓜研菜谱，庭前舞剑练腰椎。

兴来自诩身如虎，酒醒方知我是谁。

竹径寻幽听雀鸟，春花秋月赏盈亏。

归 乡

千里归乡夜系舟，天涯浪迹未曾休。

衰颜尘染临村怯，蓬鬓霜侵对镜忧。

一袭行囊肩日月，半生疲惫负春秋。

山高水远桑柴暖，腊酒能消倦旅愁。

归 田

一夕风烟任雨裁，荷塘竹径远尘埃。

虽无宝马门前泊，却有村花陌上开。

曾慕孔明摇羽扇，今钦元亮赋《归来》。

锄田撷豆尝山果，腊味时蔬醉绿醅。

注：归来，指晋陶渊明的《归去来辞》。

归田吟

结芦筑栅碧溪东，煮雨听泉尚养空。

鲜有车喧充耳噪，时闻鸡唱引吭雄。

种鱼逗鸟天天乐，植果移花月月红。

叹羡七贤林下醉，清欢邀酌几村翁。

归田吟之春韵

解绶新修旧灶台，蓬庐傍水碧荷栽。

和风送暖穿帘入，彩蝶追香绕栅来。

墙角竹君连岁绿，门前月季以时开。

东轩小宴邀邻里，话雨桑麻慢酌杯。

归田有感

枕水穷幽钓短篷，听泉采菊醉辽空。

窗敲春夏秋冬雨，竹曳东南西北风。

踏雪寻梅观落日，耕云种月看归鸿。

功名利禄陈年事，雅慕商山隐四翁。

家乡楝树

春意阑珊苦楝开，繁英淡紫蝶蜂来。

霜飞鹊闹悬金果，豆落人欢嗅蜡梅。

行气消炎能入药，防虫耐旱易成材。

思乡游子常含泪，树下童年梦里回。

律诗

151

乡 居

不羡鸳鸯不羡仙，荷塘半亩两分田。

寻春听鸟芳林下，消夏垂纶碧水边。

架上丝瓜沾夕露，畦间玉米笼晨烟。

粗茶淡饭心如菊，白首夫妻乐晚年。

吃红薯面窝窝头感怀

童年常吃黑窝头，一日三餐没有油。

灯影绳床听夜雨，晨烟土灶伴穷愁。

开春犁地种粮借，入夏锄禾汗水流。

往事随风时代变，槐花红薯作珍馐。

金钱蒲盆景

叶纤根湿卧盆中，配石临轩四季葱。

室静客来谈翰墨，窗明诗罢赏玲珑。

高怀遣兴仙家范，闹市寻幽隐者风。

点缀书房添雅趣，入心养眼韵无穷。

学书法（新韵）

灯下习书纸有声，唐碑汉隶字浑雄。

墨香室静临今古，气定神闲陶性情。

章法布局行草篆，笔毫知意撇钩横。

轩堂置挂邀妻赏，自喜沾沾唱大风。

有感红宝石婚姻

犹记花前两手牵，希心倾悦意缠绵。

轩庭同赏一轮月，风雨携行四十年。

恰有欢娱邻舍慕，虽无富贵子孙贤。

信从柴米油盐里，相敬相亲寿比肩。

祖孙对弈（新韵）

初练围棋伴外孙，黑先白后有乾坤。

征吃逃跑儿童乐，分断连接老叟昏。

陶冶情操增兴趣，切磋技艺长精神。

输赢不问多和少，安享清欢胜万金。

律诗

153

外孙小学毕业感言

六年风雨不寻常，诚谢园丁育幼秧。

三尺讲台挥汗水，一枚粉笔写华章。

今朝雏燕躬身别，明日云鹏展翅翔。

恩重如山当永记，寸心难报九春光。

学校门前有感

学校门前谁最忙？爷爷奶奶代爹娘。

鸡汤牛乳孙先喝，海味山珍我不尝。

共影兼寒同笑乐，寻师问课费思量。

雏鹰羽满飞南北，独守残年杖晚阳。

厨　趣

退休独爱下厨房，洗菜磨刀也内行。

苦辣酸甜皆入味，油盐酱醋更增香。

蒸咸煮淡烹三热，切熟佘生拌俩凉。

锅碗瓢盆随手舞，佳肴出灶阖家尝。

心 态

晨练长跑健步追，激扬文字印金龟。

能容稚子肩头坐，更喜贤妻背上椎。

事业当怀家与国，钱财不比我和谁。

花开花落凭栏看，天有阴晴月有亏。

注：椎，读锤，敲打。

感受地震

椅颤灯摇三级震，儿童喊叫老人惶。

罗衣不整掀开被，玉枕偏移跳下床。

择处安全寻厕所，徘徊保障躲厨房。

今晨报道言无事，昨夜惊魂梦一场。

别 梦

怅然独自过蓝桥，满目荷花映日娇。

柳拂风香惊雁影，云悠水碧荡心潮。

前缘未了新愁惹，故地重游旧梦撩。

空有相思人不见，烟波望断浦帆遥。

律诗

155

孝

春晖似线牵游子，半世天涯少小离。

晨看花开刚满树，夕观蕊殒已空枝。

椿萱昨日堂前笑，儿女今朝梦里思。

转瞬人生归落叶，承恩尽孝莫耽迟。

心　态

莫叹年华似水流，放宽心态不言愁。

闲观柳絮随风去，坐赏昙花一笑休。

碧野晴川吟日月，孤舟蓑笠钓春秋。

今朝有酒今朝醉，管你张王李赵周。

无　题

叶落花残岁月追，当年兔子笑乌龟。

游仙常向瑶池访，求偶曾遭玉杵椎。

一片芳心思邂近，三更春梦恋何谁。

功名利禄风飘絮，善舍钱财不吃亏。

节约是美德（新韵）

安坐餐桌别纵侈，应怜路遇冻饥人。

佳肴美味思荒歉，淡饭粗茶想彻贫。

清俭节约无隐患，铺张浪费有衰痕。

当知粒粒皆辛苦，暴殄粮食误子孙。

自然之道（新韵）

朝晖夕暮雨还晴，江海河湖浪复平。

春树芽间藏碧绿，夏荷泽畔酿娇红。

霜侵林染千山醉，雪落梅馨万里明。

天道轮回皆有序，荣枯冷暖适时行。

心存善念（新韵）

安坐餐桌别剩饭，应怜路遇冻饥人。

鸿达富贵无长势，处困清贫有启辰。

谨让相帮存友爱，知恩图报助情深。

钱财淡看寻常事，行善积德佑子孙。

律诗

157

昙花与韦陀

缘生缘灭缘无果，难忘前尘爱慕多。

仙子只身心落寞，鸳鸯两隔泪婆娑。

千年衷曲晨钟诉，万种情怀暮鼓歌。

朝露初凝山下采，昙花一现为韦陀。

致敬军人（新韵）

军人使命大如天，跃马冲锋只等闲。

未洗征衣巡远岫，又披战甲哨前沿，

北疆腾踏千秋雪，南海飞驰万里船。

安享国强民富日，仰依将士守边关。

父母和儿女（新韵）

儿装时尚过千元，父母衣穿几数年。

儿走天涯八万里，父思儿女半只烟。

儿朋欢聚丰鱼肉，父母相依菜少盐。

二老无他奢望事，只求保佑子孙安。

同窗聚（新韵）

三十二载聚同窗，换盏推杯问暖凉。
昔日身盈颜若玉，方今步缓鬓生霜。
相逢欢笑时光短，分袂怡声话语长。
似水韶华难复再，唯求此去共安康。

禅意人生（新韵）

我自风情存万种，随缘顺境世无争。
花开花落由窗外，云卷云舒任碧穹。
淡看得失来作去，轻瞥成败有如空。
放平心态千般好，信步悠歌快乐行。

《长津湖》电影观感（新韵）

援朝抗美卫家乡，将士雄姿跨大江。
皑雪单衣嚼土豆，飞机坦克哮豺狼。
驱逐剧虏和平保，歼灭联军正义匡。
浴血牺牲多壮志，可歌可泣铸辉煌。

毛泽东诞辰有感（新韵）

七月南湖碧水涟，荷花深处舣红船。

伟人挥手旌旗舞，志士高歌重任肩。

跃马讨仇驱日寇，渡江剿匪灭烽烟。

天安门上庄严誓，从此中华立宇寰。

徐州市诗词协会第六次会员代表大会随感

秋高气爽菊初黄，吟客骚英聚桂堂。

返顾六年谋大计，协规一界定新章。

辞情慷慨金风惬，笔意排云玉露香。

千古龙飞名四海，彭城诗派志亢扬。

注：徐州古称彭城。

贺《清韵十二家》付梓

天南地北朋相聚，十二勋贤舞剑华。

作赋笔研苍海水，扬歌琴抚大江涯。

春花秋月吟朝日，宋雨唐风颂晚霞。

清韵书成逢盛世，双馨德艺共旌嘉。

诗协沛县采风感怀（新韵）

泗水亭前忆沛公，斩蛇芒砀始争雄。

订盟划界分天下，号汉开基建帝功。

昔日烽烟弭旧事，今朝阆阙焕新容。

刘邦故里多豪俊，击筑倾怀唱大风。

贺大彭诗苑新诗群成立

大彭诗苑聚群英，鹊上梅枝紫气生。

寻梦何须追利禄，读书不必为功名。

乡愁田谷新词咏，国是民欢妙笔耕。

今日衰翁无酒贺，心歌一曲作瑶觥。

贺友人从事新闻工作三十年

苦辣酸甜三十年，功名利禄视云烟。

一支妙笔文章著，两袖清风道义肩。

黑白分明人独立，暑寒不畏志争先。

戒骄戒躁常追梦，奋力耕耘再向前。

情系河南

中原大雨涌惊潮，车似篷舟水里漂。

父老防洪扬铁臂，官兵抢险架银桥。

真情无限全民助，重担千斤举国挑。

待到云开红日冉，择端彩笔绘英豪。

云龙书院

梯径蜿蜒醉石床，簧门吐瑞耸峦冈。

一湖烟雨滋桃李，九节云龙佑栋梁。

学士雄心安社稷，先生远梦著文章。

功名利禄随风去，唯有诗书日月长。

广西游

船移心荡白云悠，两岸青峰一望收。

才识阿牛盈笑脸，又听三姐放歌喉。

兴坪古镇竹摇翠，阳朔西街水亦柔。

米粉油茶宾客赞，壮乡美景醉鸢俦。

登 山

向晓登山不畏劳，穿云破雾举旌旄。

重峦叠嶂飞流泄，万壑阴崖鸷鸟翱。

忽见峰头悬白日，方知足底踏银涛。

危巅助我临天下，透远疏怀气自豪。

孤旅夜思乡

潇潇暮雨透篷窗，夜泊轮舟宿九江。

边岸茫茫人简独，桅灯寂寂影无双。

多年绩望全家赞，一路烟尘自己扛。

赣语茶歌听不懂，思乡泪唱拉魂腔。

注：徐州地区地方戏——柳琴戏，俗称拉魂腔。

国土资源局采风（二）

规章国策心中记，卫士勤廉纪律明。

有爱琼怀挥汗水，无私奋志写人生。

稽查保稼防灾歉，复垦开源促熟荣。

今日好存方寸地，将来留与子孙耕。

第十三届园博会游感

吕梁阁上白云悠，岭翠枫红一望收。

孔子观洪存古韵，今人挥笔写风流。

湖悬水碧亭台映，日暖霞飞雀鸟啾。

各色园林添异彩，八方客至赞徐州。

园博园过扬州园

楹联耀目景清幽，波卧廊桥碧水流。

明月三分天下论，琼花一束梦中求。

竹深独爱听弦曲，湖瘦偏宜荡客舟。

不觉日斜人忘返，归来友约醉金瓯。

乌拉盖草原

乌拉盖河清湛冽，蜿蜒百里入云天。

离离原上牛羊走，皓皓苍穹鹞隼旋。

草嫩花明峦岭美，人淳酒馥奶茶鲜。

敖包相会歌声悦，携手倾情绘彩笺。

拜神农 (新韵)

神农顶上拜神农，华夏先贤万世宗。
百草亲尝医病苦，躬传五谷济苍生。
虔诚头叩通天地，崇敬心祈贯长虹。
我辈子孙当鼎力，复兴圆梦九州同！

黄山松

英姿挺拔参天树，笑傲群雄我独尊。
夏翠冬苍松果坠，晨兴日暮鸟声喧。
崖前屹立迎风雨，石上凌霄割晓昏。
仰察其躯皮糙处，霜侵雪浸满伤痕。

某校学姐摸臀风波

某校学姐横摩臀，校内餐厅故弄喧。
网络平台传社死，新男堪比窦娥冤。
探头监控查真况，毒女当如吕雉昏。
怎奈舆情遭反转，欺人苦果自尝飧。

（对仗：隔句对）

注：社死，社交性死亡。

豪车醉驾女（新韵）

晚夜南昌酒驾巡，马拉莎蒂碾红尘。

逃责屡屡呼鱼尾，吹气频频闭嘴唇。

交法不遵先害己，友情乱用再坑人。

常怀敬畏知书礼，侥幸嚣张患祸临。

词

寻梅·遥思爆竹快意放

遥思爆竹快意放。好热闹、长街小巷。礼花火树三千丈。贺新春，更是九光威壮。

如今节日无声响。几灯笼、门庭悠晃。昔年乐趣常回荡。却此时，寂看满天星朗。

庆春时·觅春娇山湖

草枯芦乱，回廊冰榭，鹭仁凫嬉。寒风拂柳，泠波逐岸，蹊径绕长堤。

扁舟孤梦，冈岭横映青池。

环湖漫步，惊吁石后，春讯上梅枝。

寻梅·石前拔立疏枝傲

寒风凛冽时岁杪。立苍茫、逸峰远眺。玉蝶纷舞覆枯草。探梅荆林处，谷深烟袅。

石前拔立疏枝傲。冷蕊绽、骨清娇俏。凌寒只把春讯报。百花山中醒，而你独笑。

词

169

浣溪沙·梅园丽影

溪畔梅园接翠茵，虬枝绽蕊沐晴曛。旋来喜鹊报韶春。

美目欢心盈笑靥，玉妃颔首醉佳人。暖风拂面践香尘。

庆春时·回村团聚

大年初二，回村团聚，满屉鱼鸡。篱墙土灶，炊烟袅袅，柴火煮乡思。

家常邻里，南北聊说新奇。三巡五味，豪情放醉，兄弟尽如泥。

醉太平·一湖春水皱

时逢六九，东风拂柳。碧波微漾鸶鸾偶，早莺枝头逗。

长汀伫望思红袖。相别在、黄昏后。画舫悠然片帆瘦。一湖春水皱。

青玉案·癸卯年元宵节

芝麻裹馅元宵煮。水新沸、香盈户。一碗亲情滋肺腑。晶莹爽滑，笑挥金箸。佳酿春风妒。

彩灯栩栩祯祥兔。狮子高跷旱船舞。伶俐学童猜谜语。长联高挂，诗词歌赋。达巷喧锣鼓。

庆春时·心醉赏春时

渚烟轻袅，虹桥横卧，十里长堤。回廊绮榭，梅花绽蕊，风拂柳摇枝。

鱼嬉波漾，鸥鹭云集凌飞。南湖水暖，兰舟逐浪，心醉赏春时。

定风波·春

虎隐深山兔闹春，暖风吹柳拂河津。十里杏花蜂蝶舞，香袅，浅黄轻绿应时新。

鱼跃鸥飞迷燕语，波漾，岸头凝目看垂纶。苏塔放歌心畅爽，如画，一湖碧水醉游人。

词

迎春乐·鸡声十里烟村晓

鸡声十里烟村晓。倚窗望、初阳好。踏香尘、一路闻啼鸟。柳婀娜、春来早。

池荡新波鹅鸭闹。岭峦翠、茶园坡绕。沃野麦田青，绮燕舞，农家笑。

柳梢青·春游云龙湖

细柳新芽，梅林香雪，十里烟霞。山色湖光，景明和煦，鬟女簪花。
翩翩白鹭晴沙，锦鲤跳、轻舟畅划。利禄功名，浮云皆散，耕学陶家。

庆春泽·二月杏花初放

二月杏花初放。香蕊灿枝头，蝶飞蜂唱。娇娜舞东风，冷红明爽。
媚染霞腮，婉然俏模样。

烟林十里清旷。携手踏芳尘，丽人同赏。　聆笑语，莺声歌声
回荡。醉夕阳晚，流连自难忘。

好事近·十里杏花开

十里杏花开，摇曳漫山红白。云榭依栏凭眺，染春风一色。

波光潋滟浦鸥飞，流连醉熏夕。柳岸华灯初上，赏渔歌归楫。

江城子·今年依旧杏花明

云龙湖畔草初萌。水波兴。杏花明。十里香魂、一色绽丰盈。
紫燕双飞蝴蝶舞，心相悦，手牵行。

今年依旧杏花明。立空亭。远山横。柳拂长堤、孤雁两三声。
故地重游谁解意，人别后，是离情。

占春芳·踏青郊野人陶醉

湖水荡，东风袅，紫燕剪青阳。草长莺飞蜂闹，杏花十里摇香。
蝶径绕岩冈。酒旗斜、邀约山庄。踏青郊外人陶醉，欣举琼觞。

词

小重山·柳拂长堤草色青

柳拂长堤草色青。杏花春雨处、啭黄莺。楼台亭榭水初平。聆笑语、琴瑟弄歌声。

孤寂绕湖行。前时人别后、梦常萦。酒杯斟满近三更。相思苦、怎个到天明。

青玉案·一湖碧水盈汀渚

一湖碧水盈洲渚。共游舫、听鸣橹。柳岸晴明泥燕舞。红亭分首，烟迷津渡。妆泪啼南浦。

杏花开处春如故。人在天涯不知处。默默林中寻别路。蜂喧香袅，莺歌深树。谁解相思苦。

唐多令·湖面水微澜

湖面水微澜，汀洲白鹭翩。岸柳垂、津渡含烟。一色杏花香十里，蝴蝶舞、蜜蜂喧。

故地又凭栏，抚今思旧欢。念伊人、惜别经年。咫尺天涯终是梦，登塔望、碧连天。

瑞鹧鸪·季子挂剑台

云龙山麓杏花开。蜿蜒古道上巅崖。高静岩幽，伟木苍松处，季子酬心挂剑台。

致诚践信情无价，后人景佩铭怀。儒客肃步登临，垂手躬身谒、拜师楷。参礼鲜花满砌阶。

离亭宴·往事难追（新韵）

渚烟连柳岸。初日冉、波光潋滟。鸥鹭翩翩帆影远。锦鲤戏、草滋清浅。

一色杏花十里，如雪似霏鲜灿。曾记桃红李绽。爽朗笑、芳容瞬盼。

依旧春风人不见。相去后、天涯望断。塔上抱愁凭眺，往事难追空叹。

玉楼春·春日游云龙湖

　　风拂长堤杨柳绿。波影桨声摇明旭。暖烟轻袅白云悠，野鸭衔鳞随浪逐。

　　坦步金山观碧水。岩麓杏花初绽蕊。两三好友拜苏公，举节放歌人倚醉。

注：苏公，指苏公塔，为纪念苏轼知徐州而建。

最高楼·醉翁

　　微波荡，春水涨横塘。烟笼柳轻扬。杏花新蕊莺啼早，蝶飞蜂闹燕巢梁。

　　拂东风，行陌上，沐芬芳。整楫棹、约知心好友。逐翠浪、赏山移岸走。

　　登塔眺、放歌吭。兴怀畅饮黄昏后，霓虹璀璨影摇光。

　　醉流连，明月夜，画桥旁。

两同心·悦赏芳春

碧波微漾，水映天云。杨柳岸、燕飞莺啭，杏花灿、十里香芬。
南湖畔，桥卧长虹，坪草如茵。

挚友邀踏阳滨。悦赏芳春。骋短棹、惊翔鸥鹭，大声唱、浪拍东津。
归舟晚，酒饮山庄，微醉陶欣。

凤凰台上忆吹箫·偕友踏春云龙湖

波荡明湖，远山如黛，鹭飞鱼戏凫游。水榭亭台映，岸柳新柔。
红杏香霞十里，蜂蝶闹、鸟悦枝头。凭栏处，危樯竞渡，慢棹兰舟。

优悠。景澄日丽，偕友踏春行，逸趣相俦。极目驰思远，更上层楼。
横览天光云影，心畅爽、高洒风流。凝苏塔，诗吟子瞻，劲放歌喉。

虞美人·醉清欢

云湖水碧烟波渺，柳岸闻啼鸟。楼台亭榭拜苏公，十里杏花如雪、
正香浓。

携孙赏景香盈袖，捉蝶花间逗。问翁何喜笑开颜？长幼相随同
乐、醉清欢。

注：徐州云龙湖东岸有苏公塔，为纪念苏东坡而建。

词

177

画堂春·春忙

柳垂阡陌鸟啁啾。牧童短笛悠悠。杏花初绽日晴柔。溪涧春流。

雨润麦田嫩绿，农忙稼穑原畴。施肥浇水晌无休。遍地耕牛。

破阵子·柳拂长堤晴晓

柳拂长堤晴晓，杏花开后桃红。芳草萋萋飞紫燕，浩渺烟波一
色同。鹭鸥骜翠空

漫步云龙山下，徜徉十里春风。塔影湖光衔远黛，日夕归舟碧
水东。渔歌和晚钟。

小重山·又是桃花灼灼开

又是桃花灼灼开。满园娇色俏，触幽怀。萧郎靓女应时来。天
阳暖，蜂蝶闹、醉群钗。

独自坐凉阶。桃花依旧笑，忆香腮。那年携手共春裁。心相印，
情切切、并肩挨。

虞美人·莺飞草长桃花灼

莺飞草长桃花灼。柳拂心相约。蜂飞蝶舞两情欢。携手楼台登赏、共凭栏。

别来又踏芳林晓。独忆人娇俏。落花无语绮园愁。此去天涯云远、梦难留。

杏花天·蝶飞蜂闹桃花绽

蝶飞蜂闹桃花绽。红灼灼、夭夭娇倩。春风依旧伊人远。嘉景更思粉面。

人别后、锦书翘盼。每日里、归鸿望断。千帆过尽皆不见。江水烟波浩瀚。

寻梅·桃红柳绿风袅袅

桃红柳绿风袅袅。醉芳郊、踏游浅草。十里一色春枝俏。落英缤纷处，蝶飞蜂闹。

故林踱步思情绕。绽蕊灼、令姿鲜好。莺声惹忆巾帼笑。抚今花依旧，人去梦杳。

南乡一剪梅·南庄故事

　　春日访农家。一片桃林灿若霞。少女含羞迎远客，行似桃花。面似桃花。

　　酥手送香茶。美目迷人着绛纱。怎奈柴门依别后，人杳天涯。音杳天涯。

占春芳·独自步芳丛

　　三月里，桃花绽，朵朵笑春风。树下佳人娇俏，俨然醉酒酣红。

　　独自步芳丛。忆当年、携手情浓。一怀愁绪今难诉，香梦成空。

好事近·堤岸柳如烟

　　堤岸柳如烟，春暖凭栏楼阁。蝴蝶翻飞蜂闹，醉桃花鲜灼。

　　一湖碧水荡清波，新泥燕轻啄。画舫兰舟逐浪，赏翔鸥无数。

蝶恋花·微雨初晴春日好

微雨初晴春日好。柳舞莺啼，蝴蝶枝头闹。紫燕双双剪芳草。一湖碧水烟波渺。

楼台独上凭栏眺。满目桃花，不见伊人笑。故地重游别愁扰。相思怎奈欢期杳。

虞美人·春惹离愁

阳和暄暖春来早，陌上青青草。长亭烟柳舞东风，最是菜花初蕊、正香浓。

桃花灼灼春依旧，蛱蝶枝间逗。却添心事惹离愁，别后天涯相隔、意难休。

瑞鹧鸪·池塘波荡惹离愁

池塘波漾水清悠。落花满地独登楼。三世三生、十里桃林在，不见伊人莅碧洲。

燕飞成对翩翩舞，只身故地重游。怎禁触景驰怀，别后千千结、系心头。微雨凭栏满别愁。

词

浪淘沙令·空有花红

　　湖畔拂暄风。春意融融。帅男靓女醉情浓。波荡莺啼杨柳岸，水上烟篷。

　　独自过桥东。山色葱茏。桃林仍与去年同。蝴蝶翩翩人不见，空有花红。

破阵子·燕子飞来柳绿

　　燕子飞来柳绿，杏花开后桃红。芳草萋萋连埭岸，浩渺烟波一色同。鹭鸥舞翠空。

　　桨荡一湖碧水，莺啼十里春风。玉塔云亭衔远黛，日夕归舟古渡东。渔歌和晚钟。

武陵春·深念当年春色好

　　桃李争妍蜂蝶闹，岸柳舞晴柔。陌上牛童短笛悠，白鹭矗沙洲。深念当年春色好，绾手泛兰舟。触景驰怀独倚楼，望不尽、水漪流。

东风第一枝·家山春暖

阡陌花开，家山春暖。池塘鸭闹草浅。小桥流水潺湲，旷野霁霞璀璨。

青川石栈。跨岫壑、峰回路转。最喜那、三月风和，屋舍昨归贞燕。

田里忙、村女送饭。田里歇、少童嬉犬。种优安怕苗稀，坝固以防岁旱。

架槽流灌。底水足、八成高产。待到夏秋丰收时，击鼓起舞欣赞。

破阵子·夕晖醉古彭

三月春风得意，烟林雨后新晴。竹径通幽芳草绿，柳岸闻蛙一两声。桃蹊满落英。

波荡云悠鱼戏，桨摇鹭骜鸥鸣。塔映金山宜若梦，远眺归帆缓缓行。夕晖醉古彭。

山亭柳·春雨添花

春雨添花。寸草早萌芽。溪水碧，柳垂纱。
峭壑石前观瀑，野塘深处听蛙。鸟唱芳林声婉，竹径烟霞。
远山含黛梯田绕，青砖黛瓦有人家。红酥手，采新茶。
小麦葱茏拔节，舍园养种丝瓜。三月清明过后，初熟枇杷。

破阵子·赏春

三月春风得意，徜徉十里融晴。竹径通幽芳草绿，柳岸闻蛙一
两声。桃蹊满落英。

波荡云悠鱼戏，歌喧鹭鸶鸥鸣。塔映金山衔碧水，远眺归舟棹
日行。夕晖醉古彭。

醉花阴·家山洋槐树

舍旁篱外洋槐树。三月芬芳吐。鸟唱蜜蜂喧，十里垂云，炫目
随风舞。

乃今又踏家山路。心醉村前伫。最是忆儿时，槐饼生津，岁月
香如故。

荷华媚·槐花

春浓鸟声悦。篱墙处、满树槐花莹雪。枝繁葱郁翠，清香盎溢，引翩翩玉蝶。

忆往昔、粮少农家苦，野童归学晚，饥肠干咽。恩勤母、煎槐饼，甘滋唇齿，最使儿欢惬。

醉花阴·春深子规啼谷雨

春深子规啼谷雨。山色连烟浦。燕剪柳丝长，满架蔷薇，吹火新茶煮。

老夫素把渊明慕。卸甲耕田亩。浸种育禾秧，浇水施肥，切莫农时误。

惜分飞·又思桑梓花繁树

千里打拼辞父母。工地上、谁分寒暑。吃尽人生苦。岁终只盼薪酬付。

又思桑梓花繁树。游子泪、朦胧烟浦。独把乡愁煮。野亭望断天涯路。

词

185

一落索·吕梁风光

湖光山影林幽美。景澄霞蔚。古先洪险浪涛涛，孔子叹、时如水。

春草闲花迷媚。鸟啼声脆。圣人窝里客常来，生态好、人陶醉。

蝶恋花·踏春云龙湖畔

日暖风柔春好处。柳拂长堤，曲岸连津渡。游舫凫船惊白鹭。鳞波远黛迷烟渚。

竹径蜿蜒连艺圃。香气氛氲，廊榭笙歌舞。塔映金山花满树。凭栏惬把新词赋。

玉楼春·梦里老家

春雨添花阡陌上。牛背牧童悠然唱。翠岚遥袅麦苗青，积壑鸣泉听爽朗。

草舍篱前飞紫燕。渔钓系舟杨柳岸。隔邻置酒议桑麻，稼穑赴时争早晚。

画堂春·游吕梁湖马集村

渚烟袅袅远山横，鱼嬉舟荡波澄。石堤杨柳啭黄莺，丽日烘晴。

木栈回廊津渡，圩田蚕豆花明。古村民宿起歌声。酒敬宾朋。

喜春来·楚河夹岸扬新柳

楚河夹岸扬新柳，锦鲤晴波戏浦鸥。

两三好友棹兰舟。放玉喉，日暖白云悠。

蝶恋花·春分

又值春分新雨霁。柳暗莺啼，燕子穿庭戏。红杏花残唤桃李。一池碧水摇清丽。

阪田油菜开金蕊。蝶舞蜂飞，日暖游人醉。沃野欢声响耕耒。牛童短笛吹明媚。

词

少年游·观北红尾鸲育雏有感

清晨听得鸟声喧，有鸟守窠前。轮流孵卵，啄虫衔蝶，雏稚育欣然。

无怨无悔儿女大，不日任翩翩。仔去巢空，只留思念，风雨爱心牵

醉花间·榴花灿

榴花灿，槿花灿，花灿携谁看。持别已经年，梦里常相见。

天涯征路远，对月空吁叹。何时彩云归，回舞双飞燕。

最高楼·棠张镇现代农业示范园

春风袅，驱骋至棠张。日暖沐新阳。大棚宽敞恒温适，番茄娇艳诱馋肠。

辣椒红，芹菜嫩，木瓜香。好一个、中心连四片。创特色、众人惊赞叹。

优五谷、植蚕桑。宜时打药输营养，智能机器艺高强。

靠科研，挥汗水，写华章。

小重山·十里长汀飞浦鸥

十里长汀飞浦鸥。渚烟弥柳岸、水漪流。虹桥横卧白云悠。蝴蝶舞、娇蕊乱莺喉。

孤旅醉乡愁。临风消宿酒、梦难休。客情萦绕上层楼。凭栏望、何处有归舟。

忆秦娥·榴花似火

碧窗纱。榴花似火燃枝桠。燃枝桠。莺啼清夏，正熟枇杷。

那年花放明如霞。红唇云鬟簪榴花。簪榴花。花开依旧，人面天涯。

最高楼·畅游云龙湖

微波漾，堤岸柳丝长。山色映湖光。春烟轻袅千家晓，渔歌欢唱百花芳。野凫游，朱鲤跃，白鸥翔。

赏山秀云移、心畅朗。水碧桨摇、身逸爽。船近岸，满鱼舱。亭台水榭游人醉，山庄客栈酒旗扬。谒苏公，登塔眺，劲歌吭。

注：徐州云龙湖东南隅金山公园内建有苏公塔。北宋文豪苏轼一生颠沛流离，足迹所到之处皆留佳话。他在徐州政绩卓著。苏公塔就是为纪念苏轼任徐州知州而建（宋熙宁十年，即1077年）。登塔顶俯瞰全湖，碧波塔影，荡漾诗意。

词

春晓曲·春种

东风断雪清明后。子规啼，催种豆。一年之计在于春，沃野耕牛犁远岫。

声声慢·清明祭父

家尊节志，十六从军，淮海炮火呈奇。夜渡长江，攻占上海驱师。宁波溪口跃马，负枪伤、血染征衣。病退后，天年未享，驾鹤仙辞。

凄切切清寒路，魂断处，荒郊偶见葳蕤。乱叶纷飞，省墓袅袅烟吹。遥思昔时音貌，待人诚、友爱祥慈。念今日，隔阴阳、涕泪痛悲。

洞天春·春忙正值季节

清明过后无雪。遍地耕牛未歇。送饭村姑陌头瞥。子规啼声切。

春忙正值季节。夜夕人归淡月。好雨知时，草尖莹露，田苗欢悦。

春晓曲·踏春归晚

翩翩紫燕裁新柳。百花开，蜂蝶逗。盎然春色醉斜阳，月下归来香满袖。

燕春台·踏春感怀

启蛰阳和，泥融风暖，长汀细柳轻垂。绿草芊芊，明湖水碧凫飞。陌头初绽芳蕤。牧牛童、短笛横吹。

云蒸霞蔚，晴眉帆影，万里晶辉。春来冬去，日月如梭，倏时岁暮，鸿志销微。

山庄酒暖，相邀好友倾杯。叹我人生，竟无成、空有嗟唏。

鬓毛衰。遥看行远舸，昔往难追。

疏影·相思柳

柳萌泽畔。婀娜姿，摇曳玉条娇倩。十里莺啼，烟笼长堤，牛背牧童声唤。年年紫燕迎春剪，舞翩跹、影形双伴。故地游、又忆佳人，最是旧情贪恋。

微雨潇潇梦醒，夜阑意辗转，灯下铺卷。小字红笺，写尽平生，难抹蒙眬泪眼。昨天一剪相思柳，谨持握、酬心祈愿。恨不能、飞你窗前，倾诉别情寒暖。

望海潮·快意云龙湖

明湖晴碧，楼台侵岸，苍山九节云龙。泥燕绕堤，游凫逐浪，柳烟十里林葱。

波面卧长虹。白鹤立汀渚，鸥鹭翔空。蟹硕鱼肥，杏花村坞酒旗崇。

渔舟唱晚惊鸿。有危樯画舫，短棹乌篷。灯璨榭明，琴悠舞曼，周遭月色朦胧。

情侣似胶融。心朗高声赋，把酒临风。物我浑然两忘，真个乐无穷。

锦帐春·陌上花开

陌上花开，香盈翠袖。忆郎打工春深后。尽述叮咛语，独自天涯走。鸳盟双守。

惜别经年，怅挨更漏。远梦醒、泪抛红豆。盼君归故里，十指环腰扣。叙情温酒。

武陵春·携孙游大龙湖

明旭龙湖波潋滟，蝶舞海棠红。施手援孙搭帐篷。纸鹞放长空。

暄暖宜人春正好，草地戏髫童。打滚传球起劲疯。老幼乐、醉诗翁。

春光好·山乡春早

晨鸡唱，鸟敲窗。沐春阳。草木萌新山可望，柳丝长。

雨润田园嫩绿，农家早备耕桑。风暖开门迎故友，燕巢梁。

柳梢青·谷雨

雨霁烟斜。池塘水碧，凫戏蒹葭。珠滚荷钱，远山横翠，柳岸听蛙。

田园正理桑麻。歌起处、乡姑采茶。青杏盈枝，樱桃初熟，小麦扬花。

武陵春·端午感怀

端午蒲香思屈子，米粽祭江头。橘颂离骚为国忧。抱石志难酬。

华夏今朝风正好，击鼓竞龙舟。发愤图强善策谋。铸利剑、国威遒。

渔歌子·初夏

蜜蜂喧，蝴蝶逐。石榴花绽樱桃熟。柳摇风，涧弹曲。陌上蔷薇郁馥。

杜鹃啼，催落谷。犁牛勤奋人忙碌。地无闲，时令促。期愿衣丰食足。

夏日燕黉堂·初夏

杏微黄。恰蔷薇满架，榴火盈窗。烟竹郁翠，踏一径清凉。

蛙声劲唱飞泥燕，雨初晴、水涨荷塘。醉苍蒲新蕊，风中摇曳，两袖芬芳。

沃野正耕忙。趁墒情适好，栽插禾秧。麦苗拔节，看绿浪翻扬。

修枝采叶防虫病，赞村姑、繁养蚕桑。庆夏秋丰稔，旱船锣鼓，谷满京仓。

阮郎归·浅夏

蔷薇满架蝶翩翩，桑林啼杜鹃。樱桃明艳缀青峦，榴花映网轩。
豌豆嫩，竹芽鲜，薰风拂柳烟。蜻蜓点水戏荷钱，村翁钓绿川。

南歌子·小满

紫燕阶前舞，莺啼杏子黄。榴花似火映晴窗。月季拂风娇笑、满庭香。
雨沛蛙声劲，新荷涨柳塘。沃畴三麦正盈浆。陌上童嬉牛背、笛悠扬。

留春令·访最美农家庭院（新韵）

绿浓初夏，过临南苑，睡莲新蕊。月季花红粉墙明，燕轻舞、
蔷薇媚。

复古长廊图彩绘。榫卯扬国粹。亭下妍谈裛茶香，物我忘、心
陶醉。

词

195

摊破南乡子·最恋是乡愁

绿水绕村头。听陌上、短笛声悠。麦苗拔节黄瓜嫩，蔷薇满架，樱桃熟了，香口涎流。

最恋是乡愁。游子梦、帆挂归舟。却来喜见家山好，里邻户户新容，草房早换层楼。

阮郎归·长堤风拂柳如烟

长堤风拂柳如烟。新荷立镜天。湖光汀渚鹭悠闲。笙歌绕画栏。凫鸭戏，锦鳞欢。清波棹客船。归帆落日水流丹。醉翁已忘年。

阮郎归·小满

莺啼小院日犹长，芭蕉绿绮窗。榴花似火杏澄黄，丝瓜绕粉墙。玄鸟舞，白鸥翔，新荷涨野塘。植棉浸种饲蚕桑，风薰麦灌浆。

渔家傲·小满

鸡唱晨晖耕烟袅，槐阴小陌村边绕，月季花红桑葚俏。鹅鸭闹，一群锦鲤嬉莲沼，

小麦灌浆风正好，农忙时节闲人少，蓄水挖渠防旱涝。育秧稻，开镰在即田家笑。

江城子·摘杏

吕梁山麓杏丹黄。坠枝长，拂风扬。万盏朱灯、朗润闪金光。紫燕翩翩穿树过，蝴蝶舞，鸟惊翔。

与孙撷采乐洋洋。手持囊，帽当筐。高取低抛、拾集竹篮装。满载而归心倍爽，尝一口，齿留香。

少年心·迎高考

嘀嘀嗒嗒钟表。读三更、月残霜晓。看学生皆努力，解题究讨。讲室里、俊朗天骄。

十载寒窗迎考。立尺雪、似梅坦笑。待总分公布，佳音飞报。云帆挂、逞破浪英豪。

词

鹧鸪天·寄高考学子

学子攻书不畏难，鸡声灯火夜无眠。雨风霜雪三千路，春夏秋冬十二年。

锥股刺，发梁悬。考场挥笔赋豪篇。雏鹰展翅龙门跃，金榜题名夺桂冠。

浪淘沙令·考生跪谢母亲有感

春夏复秋寒，学子眈研。书山有路奋登攀。备战考场勤作径，哪惧艰难。

父母夜无眠，校外肠牵。十年风雨老容颜。儿谢湛恩双膝跪，珠泪潸然。

浣溪沙·芒种

篱畔石榴花炫目，丝瓜漫栅枇杷熟。荷涨柳塘鹅鸭逐。

群蛙劲唱丰收曲，割麦栽秧听布谷。老少无闲时令促。

临江仙·夏忙时节

布谷声声传沃野，畈田连浪金黄。舞镰挥袖割收忙。陌头车往，机械唱，粒归仓。

麦罢整畦鞭夕月，移棉浇水栽秧。抢抓时节顶骄阳。池塘荷满，农亩绿，换新装。

芭蕉雨·三伏天

入伏风薰溽热。汗流人似煮、阳光烈。补水以防虚脱。只怕中暑难熬，空调不歇。

碧溪漂泛竹筏。飞一片槎沫。虽浪遏湿衣、身心惬。约好友、钓青川，归晚满载鱼欢，轻歌踏月。

浣溪沙·麦收时节遇雨（新韵）

麦穗金黄满沃田，囷仓已备待开镰。村邻洋溢话丰年。

日晚云低雷阵阵，朝来风骤雨潺潺。谁人能晓种粮难。

一斛珠·锄禾当午

锄禾当午。淋漓汗滴苗前土。
泽畔水稻山坡黍。喷药追肥，烈日腰身俯。

百辛换得香田圃。丰收锣鼓喧天舞。民安国泰江山固。皆享三餐，我懂农家苦。

步蟾宫·楚河夏日

楚河夹岸听蝉唱。步别径、气清神爽。芦丛柳影碧云天，鸭嬉水、游鳞跃浪。

回廊曲栈荷花荡。看情侣、笑颜柔桨。蛙声十里钓清欢，醉此景、风光妙赏。

夏日燕黉堂·楚河夏日

雨初晴。看蜂飞蝶舞，柳暗花明。河畔漫步，沐两岸风轻。

长廊曲栈连幽径，倚朱栏、伫望鸥汀。喜碧波微漾，新荷才出，早立蜻蜓。

水榭荡歌声。颂民安国泰，和睦康平。阴浓浅夏，正一派繁荣。

钓翁稳坐无旁骛，任枝头、啼遍流莺。恋楚河美景，游人如醉，尽忘归程。

冉冉云·楚河消夏

自在游凫戏清浅。觅蒲芦、影从相伴。池榭处、一对情人轻挽，赏美景、依依缱绻。

楚河消夏垂杨岸。访舟摇、白云悠远。观锦鲤、十里荷塘花灿。心醉流连忘返。

破阵子·夹道乔林蝉唱

夹道乔林蝉唱，一湖碧水风轻。四面荷花三面柳，画舫犁波鸥鹭惊。瑶珠映古彭。

落日渔歌帆远，金山塔影云横。堤岸霓虹归钓客，月榭楼台响玉笙。酒旗满酌觥。

少年游·云龙湖畔柳阴浓

云龙湖畔柳阴浓。白鹭舞长空。波光潋滟，荷花初绽，连浪逐烟篷。

青山隐隐千帆竞，舱满笑渔翁。日落霞飞，桨声归晚，醉赏夕阳红。

词

阮郎归·长堤风拂柳如烟

长堤风拂柳如烟，新荷立镜天。湖光汀渚鹭悠闲，笙歌绕画栏。

凫鸭戏，锦鳞欢，清波棹客船。归帆落日水流丹，醉翁已忘年。

满庭芳·荷

时夏新荷，卷舒横翠，碧滋莹露清圆。郁葱遮日，风拂舞翩跹。

初蕊婷婷玉立，似娇倩、明媚含烟。红妆展，馨香盎溢，傲骨比云天。

阑珊。秋乃至，霜侵雨打，花落零残。冷眼南逃燕，贞净高坚。

生死皆抛度外，任摧折、体断魂连。迎风唱，铭怀壮志，繁绿又来年。

青玉案·楚河波漾风荷满

楚河波漾风荷满。赏菡萏、行堤岸。僻径幽林听鸟啭。蝉声隽婉，歌声委婉。心醉情安恋。

落霞又惹乡愁乱。立烟渚、情凄眷。水谢曲栏游子叹。天涯云断。津涯信断。日暮归舟盼。

更漏子·赏荷

白云悠，风拂柳。夏日赏荷携手。碧水漾，共兰舟。红莲映姣羞。
怅如今，情寄藕。往事却难回首。人去后，梦还留。天涯滋别愁。

芭蕉雨·咏荷

雨落荷塘跳叶。乱珠如滚玉、皆莹滑。翠盖挺争英拔。任尔电
闪雷鸣，生机勃发。
弄晴花蕊馥郁。呈俊朗风骨。临四处浪波、身冰洁。沐旭日、
拂清风，倾献一片忠贞，天高地阔。

雨中花令·荷塘

雨霁荷塘珠滚绿。锦鳞跳、顿消暑溽。看凫渚烟朦，兰舟争渡，
菡萏惊人目。
向晚荷风香郁馥。月色里、霓虹如烛。享拂面清凉，蛙声盈耳，
浩唱丰收曲。

菩萨蛮·荷塘雨霁

荷塘雨霁轻烟笼，蛙声一片微澜涌。菡萏曳嫣香，游鱼水底藏。
倚风莲叶舞，翠鸟莲蓬仁。柳下钓清欢，耳无车马喧。

南乡一剪梅·消夏赏荷塘

消夏赏荷塘。锦鲤悠游水底藏。一片蛙声明菡萏，风荡含香。
水荡含香。

珠滚叶轩昂。鸟啭莲深白鹭翔。曲径回廊驱暑热，亭静空凉。
心静空凉。

风入松·赏荷

晓风拂面过横塘。雨霁微凉。接天莲叶婷婷立，游凫戏、鸥鹭
云翔。时有珍珠滚落，蛙声频送菏香。

清纯莲女倚蓬窗。薄粉轻妆。惊鸿最是天然样，惹花羞、水底
鱼藏。桨荡歌飞人醉，归来笑意盈舱。

一剪梅·夫妻采莲

十里荷花别样红。袅娜娉婷，香蕊摇风。一船欢笑荡歌声。酥手轻盈，采撷莲蓬。

妹似荷花开水中。月里嫦娥，明媚娇容。阿哥摇橹醉心头，前世姻缘，今日相逢。

西江月·水面荷花依旧

堤岸蝉鸣鸟唱，楚河鱼戏凫游。芦塘深处觅兰舟。水面荷花依旧。

故地回思往事，雕栏更惹离愁。几多积恋上心头。最忆溪亭邂逅。

朝中措·清波逐岸柳荫浓

清波逐岸柳荫浓。携手荡烟篷。莲动荷香盈袖，蕊黄笑点娇容。

津亭泪别，鱼书难寄，梦里常逢。怎奈情深缘浅，天涯各自西东。

渔歌子·波光云影风樯立

渚烟轻，湖水碧。波光云影风樯立。锦鳞游，野凫觅。十里荷花香溢。
棹兰舟，邀雅客。欢声笑语萦平泽。远山横，鸥振翼。唱晚渔歌落日。

眼儿媚·楚河夏日水波平

楚河夏日水波平。夹岸紫薇明。绮楼倒影，柳阴垂钓，十里蛙声。
苇丛凫戏荷香袅，曲栈接风亭。凭栏远眺，渔歌回棹，日落鸥惊。

南乡一剪梅·夏夜

携友过桥东。拂面荷香淡淡风。十里蛙声喧夏夜，山也朦胧。
月也朦胧。
惊鲤跃芦丛。满载星光棹短篷。柳岸灯明连水榭，歌荡湖中。
情荡湖中。

武陵春·暑夏

风拂蔷薇香袅袅，碧树映窗纱。小院蜂喧处处花，蛱蝶绕篱笆。

知了声声鸣暑夏，架上摘黄瓜。午后庭前陆羽茶。赏竹外、夕阳斜。

御街行·夏日云龙湖

云龙湖畔天澄爽。风拂柳、晶波漾。芦丛深处探鱼情，倚棹蓑翁张网。

渚烟轻袅，鹭飞凫戏，水阔行帆畅。云光塔影青山傍。船泊荷花荡。

翠裙酥手采红莲，蒲曳角菱摇浪。斜阳辉耀，满舱欢笑，归晚华灯放。

巫山一段云·夏日夜雨

一夜敲窗雨，平明水涨塘。滚珠莲叶捧朝阳，蕊摇风带香。

阡陌草莹晴翠，碧露沾衣人醉。桑畴稻泽得甘霖，田翁喜不禁。

词

喝火令·梦里觅芳音

盛暑蝉声劲，长汀草木深。岸堤杨柳舞飞沉。帆影鹭飞鱼戏，亭榭袅清琴。

棹桨荷开处，相思旧梦寻。别时愁绪上眉心。忆往含情，忆往泪难禁。忆往念她千遍，梦里觅芳音。

新荷叶·夏日游湖

拾级青峦，眺瞻一镜湖光。拂面风来，接天莲叶生香。瑶烟袅袅，漖波耀、白鹭徊翔。虹桥安卧，远山含翠绵长。

柳岸阴浓，亭台绮榭轩廊。水畔游人络绎，娱目红妆。碧空云影，浪花逐、鱼跳炎阳。歌声起处，采莲舟荡横塘。

一斛珠·夏夜游云龙湖

山清水秀。长汀十里垂杨柳。
岸头灯火明如昼。月下花前，情侣欣牵手。
携妻夏夜环湖走。重温人约黄昏后。醉翁之意何须酒。亭榭临风，畅爽精神擞。

一剪梅·陪外孙逛动物园

夏日陪游动物园。吟鸟猛禽，猴子巡山。棕熊老虎卧林阴，野鸭天鹅，鹭立沙滩。

投食锦鳞倚曲栏。登赏高台，坐歇亭轩。爷孙堪比忘年交，一路齐歌，长幼同欢。

清平乐·云龙湖醉人秋晚

渔舟唱晚，鸟宿垂杨岸。白鹭翩翩汀渚远。桂芬郁、霓虹璨。
回廊水榭歌喧，桨声灯影楼船。吟赏一湖秋月，此时最是清欢。

如梦令·外孙小学报名有感

（一）

夜半星明月坠，父母连宵难寐。小学新生招，心念凌晨排队。憔悴，憔悴。溽热浑身乏累。

（二）

珠汗争流浃背。解渴瓶装泉水。临午老师呼，填表报名欣慰。
无悔，无悔。为了未来花蕊。

金菊对芙蓉·故里初秋

故里初秋，村烟草树，拂晨鸡唱云蒸。正葡萄满架，柿子鲜莹。
摘瓜莳菜东篱处，看竹外、鹭鸶山横。钓溪归晚，窗前静坐，
月朗风清。

卸甲早忘虚名。喜案前无牍，坦荡和宁。庆身心康健，胃口还行。
茶几木凳葡萄酒，菜两碟、啜饮空庭。一壶龙井，氤氲惬意，
笑品人生。

缑山月·初秋

斗转暑还长。蝉鸣钱老阳。儿童嬉戏闹荷塘。赏蛙声十里，秋
满畈，金风拂，稻花香。
微山湖畔篷舟棹，菱嫩水沧浪。烟波云影动桅樯。看渔翁柳下，
抛诱饵，凝心坐，钓年光。

金人捧露盘·访友

渚田明，秋灿灿，访农家。踏溪畔、沛泽听蛙。

欢行舍外，陌头竹栅赏篱花。掘红薯，摘葡萄、细品黄瓜。

山含黛，波微荡，摇短棹，捕鱼虾。鹭翩舞、鸥戏晴沙。

锦鳞翻跃，歌声云影日西斜。两三挚友，坐空庭、煮酒烹茶。

浪淘沙令·秋日访农家

秋日访农家。石径篱笆。

鸡啼犬吠鸟啾哗。五谷丰登仓廪满，架上丝瓜。

张网捕鱼虾。煮酒烹茶。

别怀相送撷山楂。言约来年同赏菊，再话桑麻。

月上海棠·楚河秋韵

楚河夹岸蝉鸣柳。看戏水孩童、采新藕。野鸭隐芦丛，老渔翁、
泊舟幽薮。

持捕网，转瞬鱼虾满篓。老夫坐钓黄昏后。赞堤上垂纶、尽高手。

明月上东山，稳提钩、把竿斜抖。贤妻乐，赶快回家佐酒。

金菊对芙蓉·秋至楚河

林岸鸣蝉，金风拂柳，楚河晴霁初秋。正蛙声四起，稻菽田畴。

苇塘深处双凫戏，接渚泽、栖鹭翔鸥。荷花摇曳，莲蓬亭立，水碧香浮。

画舫短棹争流。赏烟波浩渺，桨荡云悠。眺远山如黛，栉比高楼。

浪花飞溅金鳞跃，众惊讶、笑倚船头。恣情浓兴，欢歌唱晚，落日归舟。

喝火令·八一感怀

八一枪声响，南昌赤帜擎。雪霜风雨志坚贞。驰骋杀倭驱蒋，鲜血染长城。

跃马边疆戍，飞航海上行。隘关偷犯必诛征。不惧强权，不惧霸凌横。不惧美英威吓，卫国守和平。

鹊桥仙·七夕

鹊桥飞架，星光闪烁，织女牛郎拥揽。一番离别更情绵，互守望、今生无憾。

葡萄架下，碧莲池畔，执手互倾萦念。佳期虽短爱贞坚，怎惧那、天河横堑。

鹊桥仙·七夕

年年七夕，鹊桥相会，每是话长时短。坚贞不畏隔天河，诉不尽、深深沾恋。

更深星朗，情牵儿女，脉脉蒙眬泪眼。鸡声催晓起离愁，恨王母、鸳鸯拆散。

鹊桥仙·军人的七夕

边疆戍守，经年寒暑。跨马骋驰威武。今逢七夕念贤妻，感谢你、持家辛苦。

视频相会，夫听妻语。梦里犹闻战鼓。盼君受奖胜利归，同剪烛、阖家欢聚。

寻梅·盼郎归

夫君入伍数载久。跨战马、边疆戍守。岭南塞北天涯走。勇担当，喜贺奖章颁授。

长堤寄折相思柳。盼郎归、门环轻扣。一池碧水风吹皱。倚栅前，独把腊梅花嗅。

词

秋夜月·怀英烈

中秋佳节。菊初黄,丹桂馥,天高云阔。晓露明莹烟袅,石溪澄冽。
人团聚,开醴酒,举杯邀月。银夜、街舞宴歌欢惬。
边关风雪。握钢枪,骑战马,我军如铁。陷阵冲锋驱敌,短兵相接。
保和平,怀壮志,疆场洒血。国安、感念恸怀英烈。

破阵子·翘盼党的二十大召开

翘盼今年盛会,党旗招聚群英。巨变百年谋发展,直挂云帆破
浪行。宏图绘北京。
科技强军铸剑,全民阔步长征。宝岛回归兄弟笑,华夏腾飞国
运兴。隆功世界惊。

渔歌子·国庆

又是一年五谷丰,枣甜梨脆酒醇浓。歌曼妙,月朦胧。长街灯
灿国旗红。

破阵子·国庆抒怀

六九母亲华诞，普天同庆欢颜。四海波飞歌荡漾，厂矿田间锣鼓喧。尽情不夜天。

改革复兴圆梦，小康快马加鞭。国泰民安家富裕，守土强军意志坚。领航世界前。

秋夜月·中秋游感

秋风轻拂。白云悠，篱菊绽，时逢佳节。玉岭层林新染，寄笺红叶。
凭栏处，归鸿远，叹辞今别。岚翠、客舍静临山阙。
晶波宏阔。渚烟凝，灯影烁，桂丛芬郁。短棹湖心随荡，逸光莹澈。
两三友，相唱和，心神喜切。放怀、斟满绿樽邀月。

秋夜月·秋光正好

鸡啼清晓。桂花香，红日冉，村居烟袅。守犬门前迎吠，鸭欢鹅闹。
儿童约，偷偷语，北园摘枣。张网、湾浦短篷轻棹。
公婆姑嫂。晒芝麻，掰玉米，渚田收稻。果硕鱼肥仓满，水欢山笑。
鼓喧天，歌嘹亮，秋光正好。月圆、杯酒入喉佳妙。

词

霜天晓角·庆祝新中国七十周年

母亲华诞日，鲜花处处芳。福祐普天同庆，高歌畅、国旗扬。

七十礼炮响，将士英武昂。万众挺胸阔步，跟党走、创辉煌。

玉蝴蝶·山乡秋韵

玉露金风林染，岭峦红遍，兼彩斑斓。沃野丰登禾谷，泉泻明蠲。

果盈枝、棉桃洁白，菱藕嫩、蟹硕鱼欢。菜蔬鲜。马肥牛壮，鸡唱鹅喧。

凭栏。画楼极目，乐然欣羡，吟醉田园。遐览运河如带，万里航船。

电商通、平台网售，销特产、四海毗连。赞乡关。水清山秀，康富民安。

朝中措·山乡秋韵

岚浮鸡唱醒朝阳。篱畔菊初黄。途陌蝉吟高树，田畴稻菽飘香。

邀邻小酌，桑麻共话，月入轩窗。竹曳影摇惊鸟，时闻鲤跳荷塘。

撼庭秋·喜秋

碧云天菊花绽。赏望南飞雁。岭峦横翠，枫红映日，石溪清浅。

平畴沃野，登丰千里，月明湖畔。乐喧天锣鼓，长街醉舞，彩灯荧灿。

人月圆·秋乐

农晨鸡唱村烟袅，篱畔草凝霜。陂池水碧，鱼肥蟹硕，丹桂飘香。
圃畦林醉，枝垂晚果，田稼金黄。老夫行看，秋光满目，喜气洋洋。

渔家傲·醉翁

气爽风疏篱菊灿，凭栏引望南飞雁。柳拂浪摇轻拍岸，云漫卷，
凫嬉鹭骛征帆远。

日落霞绯渔唱晚，霓虹闪烁歌柔缓。灯影桨声秋水暖，山月满，
醉翁快意题诗赞。

接贤宾·秋游楼山岛

微湖水碧映丹枫。北村正秋浓。兼天莲叶涌舞，菡萏娇红。

石墙农舍丝瓜绕，唐槐茁茂姿雄。野鹜于飞青蟹闹，渔舟唱晚烟篷。

伫楼山，凭远眺，把酒醉诗翁。

采桑子·丰收节感怀

风吹田野千层浪，驰目金黄。驰目金黄，五谷丰登、收晒粒归仓。

谁人识得农家苦，日夜耕忙。日夜耕忙，囷满民安、本固可兴邦。

人月圆·秋日游湖

一湖帆影波光滟，云碧远山横。鸥飞鹭伫，凫游鲤跳，气爽风清。

两三好友，观荷拜塔，柳岸徐行。篷舟荡罢，凭栏把酒，歌放红亭。

苏幕遮·秋游云龙湖

水光粼，波荡漾。山色空濛，帆影渔舟唱。鸥鹭翩翩鸣画舫。蟹硕鱼肥，缓棹欣收网。

菊花黄，红叶朗。菡萏存英，岸柳轻摇浪。丹桂飘香心气爽。惬意流连，物我皆相忘。

醉花间·乡山月

乡山月，仰山月，山月升山阙。林静鸟惊鸣，烛远如霜雪。金盘遥皓洁，高望身心悦。溪流水玉声，波映粼荧晔。

破阵子·思乡最是中秋

篱外数丛菊绽，天边一抹云悠。漂泊半生常为客，佳节今逢纵远眸。津头盼解舟。

把酒先邀明月，思乡最是中秋。对镜方知霜染鬓，玉盏珍肴难入喉。羁肠饮别愁。

词

219

醉垂鞭·中秋遥念

佳节又中秋。冰轮满，同欢宴。酒罢棹兰舟，月波江水流。
谁知游子意，情难寄，念何休。客去独登楼，霜庭孤旅愁。

花上月令·冰轮今夕耀高楼

冰轮今夕耀高楼。举头望，又中秋。半生漂泊思桑梓，自萦愁。
庭树静，月波柔。

倾耳忽听鸿雁唳，寻旧浦，盼归舟。酒酣却忆儿时趣，梦还留。
草丛处，暗蛩啾。

洞仙歌·霓虹烁柳

霓虹烁柳，人约黄昏后。星眼樱唇桂花嗅。步娉婷、最是浅笑
嫣然，并肩坐，情话缠绵如酒。

风吹湖水皱。一别经年，秋水望穿玉容瘦。倚栏杆、霜影空庭，
思难寐、冷雨独捱更漏。

每日里、晓妆待郎归，案举眉、十指温柔相扣。

渔歌子·重阳节

秋日林染草凝霜,折枝茱萸插重阳。丹桂馥,菊花黄,登高远眺独怀乡。

思远人·佳节重阳今又至

佳节重阳今又至,鸿雁正南徙。看东篱菊绽,田畴登熟,游子念桑梓。

梦中感恋家山美。竹径绕溪水。待夜雨晓晴,渚烟生处,村谣唱农耜。

夜游宫·又值重阳菊灿

又值重阳菊灿。凭栏望、碧空征雁。客舍凄清独自叹。秋风拂,暮霞飞,思心乱。

遥想家山远。正秋收、谷盈田畈。梦里犹听乡音唤。陪慈母,话桑麻,访儿伴。

夜游宫·秋日枫红菊绽

　　秋日枫红菊绽。挚友约、登高赏看。一镜湖光入画卷。鹭鸥翔，白云悠，帆影远。

　　水碧山依恋。舫疾驰、浪花飞溅。亭榭楼台歌清婉。日熔金，桨摇归，灯璀璨。

西地锦·篱菊

　　篱菊向风迎晓，似节人刚傲。情依故土，露侵冷蕊，却摇扬香袅。

　　雅洁达幽清妙，如月明光耀。从容淡泊，疏狂隐逸，胜春芳娇好。

偷声木兰花·风馨菊灿登高望

　　风馨菊灿登高望。千顷平湖波荡漾。碧水蓝天，鹭鸶鸥飞逐画船。

　　楼台亭榭虹桥卧。广岸接天冈岭合。塔影浮光，满饮豪情醉夕阳。

西江月·秋思

露冷霜飞秋老，空庭满落黄花。粉墙斑驳夕阳斜。竹栅几丛枯草。

长汀怅望烟波渺，伊人一别天涯。羁灯谁与试琵琶。独煮相思待晓。

采桑子·游子思乡

重阳日朗登高望，游子思乡。心念高堂，遥想茱萸映菊黄。

天高云淡南飞雁，征阵成行。何处牵肠，故里人亲茶饭香。

点绛唇·游子乡愁乱

又值中秋，冰轮新满。人欢宴。长街蕙畹。四处华灯灿。

客栈凭栏，云水家山远。空流叹。月明江畔。游子乡愁乱。

人月圆·思乡

晓来林醉长云暗，鸿雁又南翔。回池水冷，蛰声咽切，空草凝霜。

羁心愁鬓，登高远眺，田畈金黄。梦萦千里，风摇叶落，游子思乡。

思远人·杨柳荷塘莹晓露

杨柳荷塘莹晓露，篱菊绽阡陌。看云中断雁，孤愁如我，天地共凄瑟。

岸头怅望寻舟楫，解舫载侨客。想故里别时，转身挥手，椿萱立柴荜。

淡黄柳·桂馨露洁

桂馨露洁，篱菊开如雪。翠袖提篮盈笑靥。执手蓝桥赏月，相许芳心合欢结。

忆伤别，长亭雨初歇。天欲暮、两凄切。依稀酒醒高唐梦，空守着柔情，锦书难托，随任山高水阔。

清平乐·天涯望断

天涯望断，送字南飞雁。白雾迷离云水远。易持别、难相见。

秋浓最是情牵，梦萦孤令凭栏。池苑菊开明灿，似伊巧笑嫣然。

朝中措·秋雨燕子楼

知春岛上柳枝葱。微雨碧烟朦。苏轼曾来临榻，抚琴唱忆音容。

粉墙虽在，香尘已远，燕去楼空。画栋雕梁萧瑟，清池皱縠秋风。

浪淘沙令·梧叶落阶前

叶落阶前。霜重秋残。寒塘似镜映苍颜。漂泊半生无懿绩，往事如烟。

解绶意归田。茶煮清欢。故林听鸟钓河滩。临帖习诗闲赏月，静度流年。

青玉案·凭吊抗日烈士

苍松霜菊英魂伴。忆往昔、烽烟乱。抗日救亡旗漫卷。仁人志士，勇驱外患，命为中华献。

碑前凭吊秋风挽。先烈长眠继遗愿。幸福当思鲜血换。警钟铭耻，图强奋勉，筑梦丰功建。

摊破南乡子·雁阵又南迁

雁阵又南迁。依别后、辗转经年。记曾也是霜林染，风吹菊乱，蒙眬泪眼，津渡含烟。

落叶映红笺。痴作笔、书我缠绵。画楼怅望长亭外，梦回百里萦怀，雨中故地凭栏。

撼庭秋·雁字伤心碎

菊篱初绽芳蕊。雁字伤心碎。别时容易，重逢梦远，与谁同醉。蒙眬酒醒，愁肠千结，夜阑无寐。叹梧桐兼雨，天涯雾锁，锦书难寄。

霜天晓角·夜深秋月白

夜深秋月白，莹莹浸客窗。玉竹影儿风曳，清宵杳、满庭霜。

昨宴逐乐短，万里归梦长。独卧寂寥待晓，方酒醒、又思乡。

渔家傲·莫叹秋光风月老

小院蛩歌鸡唱晓，桂花沾露清香袅。牵目灿黄篱菊傲，晨雀闹，石榴满树开怀笑。

莫叹秋光风月老，膝边乐有儿孙绕。心态放宽烦怨少，常言道，人生最是斜阳好。

临江仙幔·日暮斜阳好

落叶满庭院，任风漫卷，飞舞旋狂。藕塘处，残枝败叶枯黄。心伤。更兼细雨，声声沥，透洒帘窗。凭栏望，泽畔芦缨荡，驰目苍凉。

韶光。青葱岁月，江水东逝匆忙。叹流年、人老两鬓生霜。何妨。夏秋轮替，冬寒至、四季循常。存清韵，日暮斜阳好，花殒留芳。

荷叶杯·人生何叹近斜阳

日暮秋风萧瑟，阡陌，杨柳叶飘零。荷塘微漾洗残英，纤草露清莹。
喜看菊开黄灿，幽院，傲骨透芸窗。人生何叹近斜阳，丹桂正飘香。

桂枝香·满目枫红

秋高露重。看乱色缤纷，峦岭相笼。临涧明妆照水，拂风鸾凤。
英姿摇曳秋光里，若云绯、霞蔚腾涌。色丹流韵，层林尽染，江山寄梦。

岁近暮、繁华揽鞚。叹来日衰少，怆然心痛。似水流年，荏苒
泄如沙孔。人生最是斜阳好，学霜枫生命皆奉。少时葱茂，老来红遍，
尽挥余勇。

注：揽鞚：停止意。

西地锦·寒露

晨露草尖凝结，似昊空星晔。丝瓜绕栅，桂花吐蕊，望云天寥廓。
昼暖夜凉时节，然菊开如雪。疏桐寞寞，寒蛩唧唧，正清风明月。

浪淘沙令·霜降

霜重气清寒，篱菊争妍。枫林饮醉忆青鬟。望断归鸿人不见，梦绕魂牵。

落叶满亭轩，独自凭栏。离愁别恨夜难眠。酒醒鸡声啼晓月，漏尽灯残。

遐方怨·水茫茫日暮寒江

风瑟瑟，菊迎霜。乱叶阶前舞，空庭满落殇。孝心泣竹笋能芳。雁飞千里梦还乡。

行旅远，念高堂。客舍凭栏望，遥遥云际苍。渡头霏雾锁津航。路迢迢日暮寒江。

唐多令·立冬

篱菊卧寒风。凭栏望碧空。北雁飞、岭上霜红。泽畔芦花摇瑟瑟，时光转、岁匆匆。

曾记小桥东。杏花春意浓。鸟欢啼、蝶舞芳丛。笑看繁华随叶落，将往事、付杯中。

词

忆秦娥·云龙湖畔忆游舸（通韵）

初冬夜，华灯璀璨连亭榭。连亭榭，余怀缕缕，桨声凄冽。

云龙湖畔忆游舸，水街漫步听琴瑟。听琴瑟，天涯人远，空留明月。

清平乐·晨练（新韵）

北风呼啸，柳岸迎清晓。脚步昂扬惊栖鸟，健体沿堤长跑。

耀目丽日初升，楚河波映霞红。一路身心愉悦，阳光洒满回程。

满庭芳·置业满庭芳

形胜山川，毗连苏皖，燕桥驿路绵长。女娲传说，炼石补洪荒。

志士贤才荟萃，栖鸾凤、虎踞龙藏。史悠久，天华物宝，鸿福寿无疆。

楼盘风水地，东原首创，驭领辉煌。碧泉涌，阶前嘉树成行。

四处莺歌燕舞，旖旎处、烂漫春光。承余庆，吉星兆瑞，置业满庭芳。

临江仙·冬至

冬至温馨包饺子，堂前供馔敬先人。炉台火旺煮氤氲。蒜泥香醋拌，绵软口生津。

舍外疏篱菠菜嫩，穷棚黄韭胜甘珍。蜡梅苞孕早迎春。来年风雨顺，恳愿举金樽。

雪花飞·冬雨话农桑

平夜潇潇密雨，侵晨曜日临窗。梧叶飘飘满地，怡目金黄。

寒麦田畴润，游凫觅野塘。邻舍欢邀腊酒，浅话农桑。

卜算子·乡村冬日

腊月天薄明，犬吠鸡啼晓。阡陌疏林映日绯，喜鹊唱、村烟袅。

田园寒雾渺，翁妪蔬棚早。浇水施肥培壮苗，韭菜嫩、番茄俏。

诉衷情令·寒风携雨夜敲窗

寒风携雨夜敲窗。游子正思乡。离家少小难忘，父爱重、母恩长。

残酒醒，更心伤。泪荧光。画楼高望，万里归程，淼淼烟江。

满庭芳·冬日山行

冬日山行，游龙九节，可廊披览遐苍。蜿蜒磴道，拾级上峦冈。

乱石丛林踏赏，不经意、鸟雀惊翔。旅亭眺，灵湖衔黛，一镜映风樯。

危巅凌绝处，蜡梅吐蕊，数点金黄。历寒苦，穹枝挺拔轩昂。

自是清怀素尚，松为友、共沐天阳。诗翁惬，流连驻足，倚杖嗅梅香。

忆秦娥·打工游子

风凛冽，沙尘吹面肤如割。肤如割，舟横水荡，草飞芦折。

隆隆机器人无歇，打工游子思乡切。思乡切，妻儿常梦，漏滴残月。

霜天晓角·外卖小哥

寒风凛冽。向晚天欲雪。外卖接单驰送，穿街巷、讨生活。

嗟屈。谁与说。饥疲身力竭。惜恐差评投诉，饭碗毁、心凄切。

临江仙·冬游佛手山

冬日驱车游佛手，沿坡拾级入山门。松苍竹翠景清新。疫防初解禁，寥寞少行人。

壑谷疏林听鸟啭，危亭凭眺岭嶙峋。陡崖挥手揽丛云。田畴苗郁绿，犬吠见烟村。

寻梅·冬赏佛手山

陵冬拾级拜佛手。倚竹仗、纡行宕口。草枯石乱冈坡陡。至崖巅，乍见岁寒三友。

危亭瞩望田园秀。白云闲、瑶烟墟囿。伫听鸟唱风弦奏。向晚归，惬饮一杯醇酒。

词

233

卜算子·冬游天门寺

百里寻圣贤，再访天门寺。松柏青檀雀鸟飞，五磴跃、神仙地。
山巅思孔子。游国传鸿志。书晒崖前留墨痕，讲学处、存遗址。

泛兰舟·雪舞情思

凌冽寒风萧瑟，雪花轻飘落。那年也是冬天，携手踱阡陌。

相爱曾经，红尘怎奈，情深缘浅，从此天涯漂泊。望天幕。无
语泪潸，悠悠思念绕琼阁。

等待又是旬年，笺字意难托。常忆欢颜，守着诺言，孤灯斜影，
梦中笑声常掠。

天下乐·旅愁百转天欲雪

雨打客窗夜未歇。竹乱舞、风凛冽。梧桐潇潇似惋咽。人难寐、
烛光摇灭。

雁望断、家山已久阔。万里远、归无楫。旅愁百转天欲雪。独潸然、
谁与说。

一剪梅·雪夜乡愁借酒消

近晚云阴玉絮飘。鸟匿形踪，水遁波涛。冰封千里浦帆凝，冈岭烟蒙，旷野风号。

雪夜乡愁借酒消。孤驿凄凄，羁客寥寥。头鸡啼醒五更天，相问归期，且待春朝。

雪花飞·山林踏雪

中夜寒风凛冽，初晨满目光莹。群蝶翻飞乱舞，潇洒空灵。
携友寻梅去，山林踏雪晴。溪畔疏枝峭劲，数点新萌。

白雪·雪趣

寒风凛冽，云黯笼、苍穹瑞叶纷扬。花舞蝶飞，飘飘洒洒，琼楼玉树雕墙。

野茫茫。仰天望、凤鸾翔。玉龙退、败鳞残甲，遍地烁银光。
纯净洁白雅清，玲珑剔透，尽明妆。喜看露庭梅绽，摇曳数枝香。
童叟乐、雪人堆立，对仗打疏狂。菜禾津润，丰年吉庆呈祥。

词

寻梅·佛手山踏雪

天寒地冻数四九。旷野静、云低日瘦。岭岑踏雪精神抖。探蔬林，正是赏梅时候。

枝头冷蕊风中逗。喜衰翁、倾身相凑。骋情放醉何须酒。惬意行，一路暗香盈袖。

雪花飞·泉山踏雪

晴照泉山踏雪，严风拂面如刀。林径穿行越涧，横步登高。幽谷危崖处，虬枝插碧霄。摇曳嫣红数点，蕊绽梅梢。

一剪梅·寒梅

何惧霜飞大雪飘。一树英姿，万点琼苞。馨香清远似婵娟。浅晕霞腮，笑绽梅梢。

最是严冬风骨骄。韵秀神莹，曲直明昭。春来冰解雪融时。妒任群芳，浩气凌霄。

减字木兰花·艳遇

北风凛冽，原野茫茫盈尺雪。寒树阑珊，津径无人落寞天。

暗香流远，驰目徐行寻探看。惊艳梅开，疑是蟾宫仙子来。

惜寒梅·寒梅傲雪

凛冽寒风，舞翩跹、彻地漫天飞雪。旷野冰封，市井琼楼玉阙。
故林萧瑟鸟飞绝。苍茫路、行人足灭。千山银裹，万里飘飘，有谁豪杰？

严冬独显傲骨。暗香怡远来，淡然卓越。高洁坚贞，冷蕊幽姿
炳晔。乾坤肝胆映琼屑。任雪压、守真亮节。待须晴日，花开更俏，
举目惊悦。

天仙子·寒梅傲雪

凭望峰峦弥玉雪。大地苍茫飞鸟绝。道衢阡陌少行人，风悲切。
肌似割。沟壑覆平郊野阔。

一剪寒梅盈笑靥。昂首枝头尖冷阅。暗香流远荡云天。显傲骨，
姿高洁。君子雅裁情朗烈。

词

237

庆春时·北京冬奥（新韵）

北京冬奥，披怀天下，宾至分茶。积极备战，科学管理，冰雪映朝霞。

争先夺冠，龙虎腾跃中华。国旗冉冉，国歌奏响，勋绩报国家。

望梅花·唯仰英雄多壮志

朔风寒彻。望北国弥天雪。呵气即冰皆素裹，耸峻茫茫山阙。千里塞关人罕至，万仞峰悬冷月。

战壕英杰。卫国保家流血。屹立哨前严阵待，誓把豺狼斩灭。唯仰英雄多壮志，水笑山欢民悦。

夜游宫·心愿

宝岛金门福建。遥相望、一汪清浅。爱恨情仇炮声远。遏台独，反干涉，解恩怨。

兄弟均心盼。早回归、同胞交勉。没有藩篱隔两岸。谋复兴，创伟业，共发展。

一剪梅·归田

半世奔波终赋闲。光荣退休，告老归田。耘锄翻土种桑麻。一亩荷塘，竹栅庐园。

嫩韭香椿荠菜鲜。溪畔垂纶，林下听蝉。烹茶煮酒看新闻。采菊东篱，摘果南山。

忆秦娥·母恩深

母恩深，春风化雨乳甘霖。乳甘霖，操持抚育，热饭温衾。

而今萱老鬓霜侵，思乡游子常沾襟。常沾襟，三春难报，寸草根心。

月上海棠·告归梓里

告归梓里修疏牖。垦半亩园田、种瓜豆。掘土砌池塘，养鱼虾、植栽红藕。

寻野趣，饵钓溪边老柳。竹篮采菊村庐后。看岚雾层云、出山岫。翁妪两心牵，互搀扶、陌头携手。空庭坐，对月三杯杜酒。

夏云峰·忆父

爱如山。常常忆、儿时绕膝骑肩。犁地插秧收晒，露宿风餐。积薪储米，防旱歉、御抵饥寒。一碟豆、三杯老酒，浅饮轻欢。

诚祈颐养天年。哪曾料、病殒长卧丘山。今日我回故里，伫望村烟。

锄头犹在，篱栅处、有燕翩翩。睹旧物、阴阳两隔，不禁潸然。

更漏子·快意乡居

远山横，鸡唱晓。日冉鹭飞烟袅。守犬吠，醒垂髫。炎云叠玉霄。

夕阳斜，溪水绕。晚渡桨声归棹。斟碧酒，佐鲜肴。蝉吟娥月高。

少年心·柳下垂纶

对镜愧理衰鬓。忆当年、仰瞻公瑾。夜卧薪尝苦胆，读书发奋。放眼望、壮志凌云。

往事如烟留恨。应笑我、仕途白混。庆退休无欲，家山归隐。斜阳里、醉柳下垂纶。

摊破南乡子·梦里忆童年

梦里忆童年。明月夜、仗打篱前。竹筐捉鸟樱桃摘，黎明上学，黄昏约架，稍后言欢。

往事付云烟。虽个是、蓬鬓霜斑。倚窗把酒斜阳处，笔挥墨蘸豪情，畅怀再续诗篇。

眼儿媚·同学聚会

黉门执别少通酬。远志各追求。打拼创业，半生荣辱，岁月悠悠。喜逢同学今朝聚，往事上心头。相欢把酒，千言难叙，一醉方休。

南乡一剪梅·清欢

辞邑老夫闲。一袭蓑衣钓绿川。气静神凝抛诱饵，晴也欣然。雨也欣然。

携友饮亭轩。竹径微醺踏月还。夜扣柴扉卢犬乐，琴抚清欢。心抚清欢。

一落索·携手抗疫

连日核酸封路口。宅家严守。白衣天使勇担当，绿码验、防疏漏。
公仆苍民携手。凯歌高奏。复工生产疫清零，贞燕舞、花轻嗅。

秋夜月·翻思缱绻

多年未见。电话里、惺惺笑嗔恩怨。咫尺间，两心萦挂难谋面。
互叮咛，藏夙念，只恨情深缘浅。且把别愁轻卷。
翻思缱绻。执手踏雪风，亦雨中同伞。月下桨声盈耳，漫步湖畔。
忆红袖，烟渺渺，倚栏长叹。独望云天，路遥帆远。

雪花飞·迷入瑶宫胜境

园博游人络绎，徐州又嵌明珠。波漾桥横古渡，烟笼悬湖。
亭榭楼台立，楹联览妙书。迷入瑶宫胜境，尽忘归途。

唐多令·游吕梁园博园

至圣驾车游。彭城列九州。吕梁山、形胜千秋。逝者如斯川上叹，永不息、水东流。

园博起亭楼。三年壮志酬。一湖悬、十里翔鸥。汉韵徐风连古渡，登阁眺、白云悠。

撼庭秋·参谒张竹坡故里

岭峦千嶂泉涌。满目烟霞笼。紫金东麓，梨丛静穆，竹坡茔冢。

金瓶至论，惊天评点，世皆推颂。叹英年星殒，吾侪拜谒，仰观尊奉。

更漏子·何桥印象

故河滩，今变样。水澈气清心朗。紫燕舞，柳丝扬。春花处处芳。

鸭鹅欢，牲畜旺。道路坦平通畅。鱼蟹硕，稻花香。瓜蒌垂灿黄。

清平乐·楚河霜晓

楚河霜晓，落叶堤边绕。风漾烟波浮兰棹，霞映芦丛惊鸟。

早练何惧冬寒，老翁太极长拳。台榭大妈舞剑，廊亭歌管声喧。